プロローグ

この世には二つの異なる次元が、合わせ鏡のように存在している。

一つは人間の住む〝物質界《アッシャー》〟。

一つは悪魔の棲《す》む〝虚無界《ゲヘナ》〟。

本来であれば、両者は互いに干渉し得ないはず。

しかし、悪魔はこちらの世界のあらゆる物質に憑依《ひょうい》することで、干渉し、脅《おびや》かしていた。

『祓魔師《エクソシスト》』とはそれらの悪魔を祓《はら》い、物質界《アッシャー》の平和を守る気高き騎士達の総称である。


刀剣で戦う『騎士《ナイト》』。

銃火器で戦う『竜騎士《ドラグーン》』。

悪魔を操って戦う『手騎士《テイマー》』。

聖書や経典を唱えて戦う『詠唱騎士《アリア》』。

医療を担う『医工騎士《ドクター》』。


そして、それら祓魔師《エクソシスト》の最高峰たる『聖騎士《パラディン》』。

歴代最強と謳《うた》われた聖騎士《パラディン》・藤本獅郎《ふじもとしろう》は、
魔神《サタン》の落胤《らくいん》である養い仔《ご》・奥村燐《おくむらりん》をその魔の手より守る為、壮絶な最期《さいご》を遂げる。

残された燐は、正十字騎士團《せいじゅうじきしだん》の名誉騎士《キャンサー》であり亡き獅郎の友人でもあるという
メフィスト・フェレス卿《きょう》に、ある選択を突きつけられる。

「大人しく我々に殺される」か。

「我々を殺して逃げる」か。

「自殺する」か。

燐はそのどれでもなく、祓魔師《エクソシスト》になり魔神《サタン》を倒すことを誓い、
メフィストが理事を務める正十字学園祓魔塾《ふつまじゅく》の訓練生《ペイジ》となる。

そして、そこには史上最年少で祓魔師《エクソシスト》となり、講師として教壇に立つ双子の弟・雪男《ゆきお》の姿があった。

対・悪魔薬学の天才と呼ばれ、常に冷静沈着に任務に当たる弟に、燐はライバル心を燃やす。


「ぜってー、お前を追いぬいてやるからな!!」

「冗談は頭の出来だけにしてくれ」


――これは、そんな悪魔を倒す悪魔のお話。

青の祓魔師《エクソシスト》

ブラッディ・フェアリーテイル

加藤和恵
矢島綾

JUMP j BOOKS

メインキャスト

奥村燐《おくむらりん》

魔神《サタン》の息子として生まれるが、数々の戦いの中、祓魔師《エクソシスト》になることを決意する。料理がとても得意。

奥村雪男《おくむらゆきお》

燐の弟。最年少で祓魔塾《ふつまじゅく》の講師をつとめる天才少年。

藤本獅郎《ふじもとしろう》

燐たちの養父。最強の祓魔師、『聖騎士《パラディン》』の称号を持つ。魔神《サタン》によって命を落とした。

霧隠《きりがくれ》シュラ

上一級祓魔師。祓魔塾の教員をつとめる女性。お酒が大好き。

アーサー・A《オーギュスト》・エンジェル

現在の『聖騎士』。シュラの上司である。『聖天使團《エンジェリックレギオン》』を率いる。

メフィスト・フェレス

正十字学園理事長にして祓魔塾の塾長でもある。その正体は八候王《バール》の一人、時の王《サマエル》。

ルーイン・ライト

『四大騎士《アークナイト》』の一人である。飄々とした言動の男だが、時には容赦の無い冷酷さを見せることも。

勝呂竜士《すぐろりゅうじ》

燐の級友。明陀宗《みょうだしゅう》の跡取りである。真面目な堅物。

志摩廉造《しまれんぞう》

竜士、子猫丸の幼なじみ。虫が大嫌いで女の子が大好き。

三輪子猫丸《みわこねこまる》

竜士、廉造と一緒に祓魔塾に入塾した。明陀宗の中の名家『三輪家』の現当主。

杜山《もりやま》しえみ

燐と出会ったことで、祓魔塾に入塾した少女。手騎士《テイマー》としての素質を持つ。

神木出雲《かみきいずも》

島根出身の少女。勝ち気で自信家な面が目立つが…。

目次《もくじ》

青の祓魔師《エクソシスト》 ブラッディ・フェアリーテイル

酔いどれ天使

——重要な件だ。シュラ。お前も同席してくれ。

直属の上司であるアーサー・A《オーギュスト》・エンジェルから、霧隠《きりがくれ》シュラの携帯に連絡が入ったのは、とある日曜の午後だった。

たまの休み。

昼過ぎまで惰眠《だみん》をむさぼり、ようやく起きたシュラは、欠伸《あくび》を嚙《か》み殺《ころ》しながら朝昼兼用のインスタントラーメン（ちなみに、直鍋《じかなべ》）をすすり終え、さて二度寝を楽しもうかと考えていたところだった。

しぶしぶ電話には出たものの、

「ったく……休みまで電話かけてくんじゃねーよ。このハゲが」

対応がぞんざいになるのはいたしかたない。

まあ、彼女の場合、平時《へいじ》においてさえ必ずしも従順とはいいがたい部下ではあるのだが……。

『はっはっは。相変《あいか》わらずだな、お前は』

通話口の向こうから響く快活な笑い声に、「切るぞ」と一言《ひとこと》。変なところで鷹揚《おうよう》な上司は、まあ、待て、と笑って言った。

『まだ話の途中ではないか。それから、何度も言うがオレはハゲていないぞ？　今朝《けさ》も最上級のヘッドスパを施《ほどこ》したばかりだ。カリバーンの奴がうるさくてな』

『当たり前よっ！　アーサーのうつくしい髪に枝毛なんて、アタイ、許せない!!』

『あっはっは。心配するな。カリバーン。このオレに枝毛などできるはずがなかろう？』

『キャッ♡　アーサー、ステキ!!　愛してるわ!!』

挙句《あげく》、電話の向こうでは、魔剣《まけん》カリバーン（オカマ）と天然ボケ上司による、とんだ茶《ちゃ》番《ばん》が繰《く》り広《ひろ》げられている。

シュラは、携帯を握《にぎ》りしめたまま露骨《ろこつ》に顔をしかめた。耳をほじくりながらうめく。

「……てか、なんでせっかくの休日まで、てめえのお気楽な面《つら》を見なきゃいけねーんだつってんだよ、他を当たれよ、他」

『そうか。休日にオレと会えるのがそんなにうれしいのか。しょうのない奴だ』

「…………」

シュラが早くも携帯電話を投げ出したくなったところで、

『では、集合場所と時刻は追ってメールする。めかしこんで遅れるなよ？』

いたってさわやかな口調とともに、一方的に通話が切られた。

ツーツーツーと、携帯の通話口が無機質な音を発する。

（なにが、めかしこんでだ……あのクソバカハゲ!!）

力まかせに携帯を床に投げつけようとした、その瞬間——まさに絶妙のタイミングでメールの着信音が鳴った。

嫌々《いやいや》ながらも目を通すと、集合場所と時間が記《しる》されている。時間は夜の六時。場所は、なぜか、ヴァチカン本部でも日本支部でもなかった。

騎士團《きしだん》の外でしかできない秘密《ひみつ》の話……ということだろうか。

これから十分に二度寝を堪能《たんのう》したうえで、行きつけの居酒屋《いざかや》にでも繰《く》り出《だ》そうかと思っていたのに、あのハゲのせいですべてが台《だい》なしだ。

「あー………マジ、うぜー……」

シュラは気《け》だるげなため息を吐《つ》くと、とりあえず寝起きのシャワーを浴《あ》びるべく、壁に備えつけられている給湯器《きゆうとうき》のスイッチを叩《たた》いた。ついでにミニキッチンの隅《すみ》に設置された冷蔵庫から正十字麦酒《せいじゆうじビール》の缶を取り出し、器用にプルトップを起こす。

直《じか》に缶へ口をつけ、一気に半分ほど胃の中に流しこんだところで、思わず舌打ちがもれる。

　いつもなら極上《ごくじょう》のはずの起きぬけの一杯が、あんな電話の後のせいか、妙に気の抜けた、寝ぼけた味に感じられたのだった……。

✝

「どうだ？　いい眺《なが》めだろう？」

「…………」

　正十字学園町《せいじゅうじがくえんちょう》どころか日本全国でも指折りの超高級ホテル——その最上階にある五つ星レストラン。

　しかも、数個しかない豪華絢爛《けんらん》な個室に通されたシュラは、しばらくの間、目の前に注《そそ》がれる琥珀色《こはくいろ》のシャンパンを唖然《あぜん》として見つめていた。

　ほどなく我に返り、向かいの席に座る上司をにらみつける。

「(——てか、ハゲ！　なんなんだよ!?　これは!!)」

声を抑《おさ》えて怒鳴《どな》ると、アーサー・A《オーギユスト》・エンジェルはさも不思議《ふしぎ》そうに首を傾《かし》げた。

「何とは？」と尋《たず》ね返《かえ》す。その拍子《ひようし》に、金色の髪が肩の上にさらりとこぼれ落《お》ちた。

「これは、乾杯用のシャンパンだが？」

「(ちげーよ!! なんで呑気《のんき》に食事してんだって聞いてんだよ！ 大事な件じゃねーのかよ!?)」

「ああ、たいそう重要な件だ。しかも、急を要する。それだけに、ゆっくりと食事を楽しみながら話し合いたくてな」

相変《あいか》わらず、これでもかというくらい会話が成立しない。宇宙人とコミュニケーションをとっているかのようだ。

「なら、ゆっくりメシなんざ食ってる暇はねーだろ!? さっさと話しやがれ!! このハゲ！」

「まあ、待て。とりあえずは、乾杯からだ」

ついに小声を忘れて怒鳴りつけたシュラをたしなめ、アーサーが優雅にシャンパングラスを掲《かか》げる。

「……それでは、騎士團《きしだん》への忠誠《ちゆうせい》と、今宵《こよい》の宴《うたげ》を祝して」

乾杯、と真っ白な歯がキラリと光る。

勝手にやってろと、シュラはグラスを掲げることなく、シャンパンをぐいっと飲《の》み干《ほ》した。

さらりとしてはいるが、やたらと甘ったるい。続いて出された前菜《オードブル》も、お上品な盛りで、全体的に薄い味つけだった。

本来ならば今頃、行きつけの居酒屋《いざかや》で、鯵《あじ》のなめろうを肴《さかな》に冷酒《れいしゅ》をキューッとやったり、芋焼酎《いもじょうちゅう》にカツオの刺身《さしみ》を合わせたり、軟骨《なんこつ》のから揚げでビールを飲んだりと、休日の夜を思う存分《ぞんぶん》、満喫《まんきつ》していたはずなのだ。それが……。

再び胸の奥がムカムカしてきたシュラの向かいでは、四大騎士《アークナイト》の一人、ルーイン・ライト――通称、詠唱・召喚儀式《ライトニング》の達人が、空《から》になったシャンパングラスを弄《もてあそ》んでいる。

「――うむ。繊細《せんさい》かつ深みのある、まさに極上《ごくじょう》の味わいだな。このシルクのような舌触《したざわ》りも実に優美だ」

「キミってば『ソムリエ気取《きど》りでやたらワインについて語っちゃうタイプ』なんだね」

「しかも、前菜《オードブル》との相性が絶妙だな」

「いやあ、あまりに想像通りで妙に納得しちゃうけど、キミに酒の細かい味わいがわかるとは思えないなあ」

「どうだ？　ライトニング。オレの選んだシャンパンは」

「あはは、聞いてないし。ホントキミの耳は都合《つごう》よくできてるなあ。もうメンドいからなんでもいいや」

「そうか、気に入ったか。どんどん飲んでくれ。遠慮は無用だ」

自分同様、このバカ上司に強引《ごういん》に呼び出されたというのに、ライトニングはいたってくつろいでいる。皮肉《ひにく》な口調《くちょう》はいつものことで、イラだったふうでもなければ、このきらびやかな場に気おくれしている様子もない。

「……オイ。メシの時くらい帽子《ソレ》、取ったらどうだ？」

半分くらい八つ当たりでシュラが言うと、ライトニングは色あせた平天帽《ひらてんぼう》のつばをぐいっと引っ張った。

「えー、コレかい？　うーん、気が進まないなあ」

「なんだよ。寝癖《ねぐせ》でもひどいのか」

「いやね～、今日七日目なんだ」

「はあ？」

何がだ、と聞きかけ、ふっと嫌な予感がした。

ルーイン・ライトと言えば、その通称以上に有名なことがある。

「…………まさか……お前、七日間、風呂に入ってねーのか？」

思わず、椅子《いす》ごと後ずさるシュラに、

「ううん。風呂は五日前に入ったんだけど、髪がねー。メンドーでさ」

子どものように指を折って数えながら、ライトニングがえへへと笑う。それに、シュラがさあっと青ざめる。

(えへへじゃねーだろ!! えへへじゃ!!)

真冬ならばともかく、今は夏真っ盛りだ。

ちょうど、彼の横でアーサーからワインのオーダーを取っていたウエイターが、ぎょっとした様子でこちらを振り向いた。虫の死骸《しがい》でも見るような目でライトニングの頭部を見つめている。

「取る?」

「い、いや、いい!! むしろ、蓋《ふた》しとけっ!!」

シュラが慌《あわ》てて怒鳴ると、ライトニングは「そう?」と言い、悪びれず前菜《オードブル》をフォークの先でつっつき始めた。

憂《う》さを晴らすどころかムダな冷《ひ》や汗《あせ》をかいた。さらにむしゃくしゃしたシュラが、立ち去りかけたウエイターを呼び止め、「泡盛《あわもり》!」と頼む。

——が、

「申《もう》し訳《わけ》ございませんが、ご用意しておりません」

「はあ？　んじゃ、芋焼酎。ロックで——いや、待てよ、ダブルで」

「申し訳ございません。そちらも……」

「……なら、ビールだ。ビール。ジョッキでくれ！」

「大変申し訳ございません。ビールはグラスでお出ししておりまして——」

「…………」

「いかがいたしましょうか？」

努《つと》めて慇懃《いんぎん》なだけに、いちいち小馬鹿《こばか》にされているような気がするのは、いささか神経過敏になりすぎだろうか。しかしながら、その取《と》り澄《す》ましたような笑顔がまた忌々《いまいま》しい。

「じゃあ、もうそれでいいから、三つ持ってこい」

「……では、皆様、ご一緒ということでよろしいでしょうか？」

「ちげーよ。アタシ一人で三つだ」

シュラがことさら乱暴に応じると、一瞬、ウエイターの取り澄ました笑顔が固まったが、

「——畏《かしこ》まりました」

と恭《うやうや》しく言って立ち去っていった。

（……ったく）

オーダーひとつでこれほどイライラしなければいけないのか、と心底《しんそこ》うんざりする。

かくなるうえは、さっさと本題に入ってここからおさらばしたい。

「で？　アタシらをここに呼んだ要件《ようけん》は、何なんだ？　もったいぶってねえで、とっとと話せ」

「ああ、そうだったな」

イライラと詰め寄るシュラに、アーサーが一転して真剣な面持《おもも》ちになる。

手にしていたシャンパングラスを卓上《たくじょう》へ置くと、両者に向かい、

「このたび、グレゴリの命《めい》で、特殊任務《とくしゅにんむ》につく部隊《ぶたい》を新設し、オレがそれを率《ひき》いることになったのは知っているな？」

そう尋ねてきた。

知っているもなにも。シュラもライトニングも上級祓魔師《エクソシスト》として、その部隊に組みこまれている。

それがどうしたんだと応じかけ、まさか、と眉《まゆ》をひそめる。

（内部に敵対組織のスパイでも潜《ひそ》んでたのか……？）

上司のいつにない深刻な表情に、知らず、シュラの表情も強張《こわば》る。

「どういうことだ？　あの部隊に何かあんのか？」

シュラの問いかけに対し、アーサーは十分な間《ま》の後で、軽く顎《あご》を引いた。

「――名《な》だ」

と、重々《おもおも》しくつぶやく。

その意味深《いみしん》な言い方に、シュラが心持ちテーブルの上に身を乗り出す。

「あ？　名前がどうしたって？　裏切り者の名前か？」

しかし、アーサーはおもむろに首を横へ振った。

「いや、部隊の名前だ」

「……………………はああ？」

「いつまでも名無しのままでは、隊員の士気《しき》に関《かか》わるではないか」

「…………」

ふうっと物憂《ものう》げなため息を吐《つ》く上司を前に、シュラの両目が点になる。だが、アーサーは気づかない。そこでだ、と語調《ごちょう》を強める。

「我《わ》が部隊にぴったりの名前を決めたいのだが、オレの独断で決めるわけにもいくまい。ここは、信頼するお前たちにもその相談に乗ってもらおうと思ってな」

まるで感謝してくれとでも言いたげな口ぶりで、悠然《ゆうぜん》と二人を見比《みくら》べる。

「わお、そりゃ、驚くぐらい重大な要件だね。そんなことで貴重な休日の夜に呼び出されたのかと思うと、ぼかぁ、驚きのあまり倒れそうだよ」

あまりのことに絶句するシュラに代わって、両手を降参《こうさん》ふうに上げたライトニングが大《おお》袈裟《げさ》に皮肉を吐《は》く。

だが、むろんこの男《アーサー》に通じるはずもない。皮肉どころか空気も読まず、冗談すら解さない上司は大仰《おおぎょう》に笑ってみせた。

「あっはっは。倒れられては困るぞ、ライトニング。これから存分に考えてもらわなければいけないからな」

「えー、想像しただけでワクワクしちゃうな。今にも胸やけしそうだよ」

「む。それはいかんな。早めに胃薬を飲んでおいたほうがいいぞ?」

相変わらずボケ垂《た》れ流《なが》しといおうか、つっこみ不在といおうか、イライラする会話が交《か》わされるなか、シュラはようやく我に返った。

(……っ!! てめえ、この野郎!! そんな理由で日曜の夜にわざわざ他人を呼び出しやがったのか!!)

だが、彼女が怒《いか》りを吐き出すより早く、

「実は、すでに考えてきているのだが……」

アーサーがもったいぶった口調で告げた。わざとらしく空咳《からぜき》をひとつした後で、

「〝聖天使團《エンジェリツクレギオン》〟というのはどうだ？」

と口にした。それを聞いて、再びシュラの神経が凍りつく――。

「華《はな》やかななかにも品がある、よい名前だろ？」

「…………」

「へえ～、いかにもキミらしい、中二病《ちゆうにびよう》丸出しのキラキラネームじゃあないか」

同意を求めてくる上司へ――石のように固まる彼女に代わって――ライトニングが応じる。いかにも適当極《きわ》まりない賛美だが、アーサーは晴れやかな顔で大きくうなずいた。

「やはり、そう思うか？　ところで、『チュウニビョウ』というのはどこの国の言葉だ？」

「日本語だよー。もとはラジオから生まれたネットスラング。長いから要約すると、カッチョイイって意味かな」

「なるほど。勉強になったぞ。ライトニング」

（……っ!!　勉強になったじゃねーよ！　このハゲ!!）

あまりの腹立たしさに硬直《こうちよく》が解《と》けたシュラは、絶妙のタイミングで運ばれてきたビールを、目の前のバカ上司にぶちまけてやりたい衝動を懸命《けんめい》に抑えた。

代わりに、冷たいビール三杯を一気に飲み干し、落ち着け、落ち着け——と己《おのれ》に言い聞かせる。

恐ろしくどうでもいいことで呼び出されたのは、この際、いい——。

脇《わき》に置こう。

貴重な休日をつぶされたのも、まあ、許そうと思えば許せる。

だが、その名前だけは……!!!

当事者の一人として、絶対に——なにがなんでも、断固《だんこ》として拒否したい。

『〝聖天使團《エンジエリツクレギオン》〟見参《けんざん》!』

と声高《こわだか》に叫ぶ上司の背後《はいご》に、悄然《しょうぜん》とたたずむ自分の姿を想像しただけで、恥ずかしさのあまり死にそうになる。

シュラが一人、赤い顔で身悶《みもだ》えていると、

「なんだ、もう酔っぱらったのか?　ずいぶんとだらしなくなったな。シュラ」

修業が足《た》りんぞ、修業が、とアーサーがまったくもって見当違《けんとうちが》いの言葉を吐く。

(誰のせいだ!　誰の……っ!!)

シュラが頭を掻《か》きむしりたい気持ちをどうにか堪《こら》えていると、

「ねえ、シュラはどう思うわけ〜？」

冷製スープに浸《ひた》した前菜《オードブル》をむしゃむしゃと食べていたライトニングが、呑気《のんき》に尋ねてきた。

「この名前に賛成？　反対？」

「どうなんだ？　シュラ」

アーサーがずいっと身を乗り出してくる。よもや反対などされまいという自信満々な表情だ。

「今夜は無礼講《ぶれいこう》だ。お前も、忌憚《きたん》のない意見を言ってくれ」

「…………ああ……まあ、悪くは……ねえけど……」

荒れくるう内心《ないしん》とは裏腹《うらはら》に、シュラは慎重《しんちょう》に言葉を選んだ。


こういった場合、下手《へた》に強硬《きょうこう》な口調で反対意見を言うのは、むしろ逆効果だ。

この男は意外に頑《かたく》なところがある。自分が良いと思うものは他人も良いと思うはずだ、と信じて疑わない。恐るべきポジティブシンキングの持ち主といおうか……。

ともかく、ここでシュラが思ったことを一切合財《いっさいがっさい》、すべてぶちまけた場合、

——なるほど。オレがあまりに素晴らしい名前をつけたものだから、自分がそれに見合わないと案じているのだな。だが、大丈夫だ!!　お前ならきっと〝聖天使團《エンジエリツクレギオン》〟の名に恥じない輝きを放てるさ!　あっはっは。

などと、勘違《かんちが》いはなはだしいうえに、すさまじく腹の立つことを言われかねない。とにかく、このクソバカハゲ上司には、常人《じょうじん》には考えられない思考の飛躍をしてくるところがあるのだ。

急《せ》いては事をし損じる。ここは慎重に攻《せ》めるべきだ。

「……ちょっとゴテゴテしくねーか?　もう少しシンプルでもいいと思うぜ?」

あくまでさりげなく言うと、上司は一瞬、きょとんとした顔になり、それから盛大に笑いだした。

「何を言うかと思えば、シュラ。部隊の名前だぞ?　古代から名はそれだけで強い力を持つものだ。強く、気高《けだか》く、美しい名をつけることで、隊員の士気《しき》を上げ、部隊をよりいっそう昇華《しょうか》させていくことが、指揮官たるオレの務《つと》めだ」

(その隊員の士気が、てめえのせいですでにドン底まで下がってんだよ……!!)

そう怒鳴《どな》りつけたいのをぐっと我慢《がまん》する。怒りのあまり、唇《くちびる》の端《はし》がピクピクと痙攣《けいれん》しているのが自分でもわかった。

しかも、味方のはずのライトニングが、

「わー、なんて強すぎる使命感だ!! ぼかぁ、仰天《ぎょうてん》したよ！」

などと無責任に茶化《ちゃか》すものだから、根が単純な上司はすっかり悦《えつ》に入《い》っている。

「当然だ。オレは騎士團《きしだん》の剣であり、象徴《シンボル》でもあるからな」

「さすがだね。そのうっとうしいまでの忠誠心。頭が下がるよ」

「はっはっは。そう褒《ほ》めるな。何も出んぞ？」

（このバカ!! お前だって当事者のくせに、なにハゲをその気にさせてんだよ!? ここは協力して、そのバカに思い直させるべきだろーが!! それでも、騎士團きっての策謀家《さくぼうか》か!? オイ!!）

何度か目配《めくば》せし、必死に念を送るが、前菜《オードブル》とスープをきれいに平らげたライトニングにはてんで届かない。高級ワインを水のごとくガバガバと飲み干し、挙句《あげく》、「あー、ハンバーガーとポテトが欲しいなぁ」などとつぶやいては、皿を下げに来たウエイターをぎょっとさせている。

（くっ……ダメだ……コイツは、まるで当てにならねえ）

早々《そうそう》に味方陣営《じんえい》に見切りをつけたシュラは、一人、諸悪《しょあく》の根源《こんげん》であるアーサーへと向き直った。

「あのなあ、日本には質実剛健《しつじつごうけん》って言葉があってだな。もうちっと呼びやすく——例《たと》えば、イギリスのSAS《特殊空挺部隊》や日本のSAT《特殊急襲部隊》みたいに頭文字《かしらもじ》を取るとか……」

「だが、それでは、輝きや華《はな》やぎといったものが、まるで感じられないではないか」

上司の反応ははかばかしくない。

そこに、再び外野から余計なヤジが入った。

「じゃあ、いっそ〝アーサーズ・エンジェル〟ってのはどうだい？」

（!?）

再び凍りつくシュラとはうらはらに、アーサーは興味を引かれたような顔で、

「ほう。それは、なかなか華やいだ名前だな」

「でしょ～？　『エンジェルエンジン全開！』を決め言葉にしてさ」

「決め言葉まであるのか。やるな、ライトニング！」

（てか、モロ映画のパクリじゃねーか!!　しかも、微妙に古いし!!　だいたい、ほとんど

ハゲの名前じゃねーか!!)

　再び頭を掻きむしりたくなったところで、タイミングよくデニムショートのポケットがブルブルと震動した。見ると、メールではなく部下の奥村雪男《おくむらゆきお》からの着信である。しめた、とシュラが立ち上がる。

「悪《わり》ぃ、電話が入った。ちょっと出てくるわ」

　うまくこの場を抜け出して善後策《ぜんごさく》を講《こう》じようとすると、ライトニングがまたしても余計なことを言い出した。

「別に個室なんだし、ここで出れば～？　ぼくは気にしないよ？」

「いや、ライトニング。女性はこういう時お花摘《つ》みに行くと相場《そうば》が決まっているだろう？　そこは、さりげなく察してやるのが真の紳士というものだ」

　したり顔のアーサーが同僚をたしなめる。

「それから、少々戻りが遅くても、素知《そし》らぬ顔をしてやるのがエチケットだぞ？」

「わあ、他でもないキミに女心を説《と》かれるとは思わなかったな～」

「はっはっは。お前もまだまだだな」

(誰がお花摘みだ!!　てか、今どき、お花摘みってなんだよ!?　いつの時代だっつーの!!　あー!!　もう、コイツ、ホントマジうぜー!!!　いっそ死んでくれねえかな!?)

これ以上、この場にいたら本気で上司に切りかかりかねない。なにより、精神衛生上大変よろしくない。

シュラは顔を引きつらせたまま、穏便《おんびん》かつ俊敏《しゅんびん》にその場を離れた。


プルルルプルル――カチャ。

『はい、奥村です』

トイレの個室で折り返し雪男に連絡を入れる。

「アタシだ」

『ああ、シュラさん。お休み中、すみません』

二コール以内に出た部下は、古いつき合いだというのに、いたって礼儀正しい口調で話し始めた。

『実は、先日回した書類のことで、少しお話がありまして……』

「うっせーよ、ビビリ。今、それどころじゃねーんだ」

『は？　それは、すみません。任務中でしたか？』

「任務中じゃねーよ。でも、それ以上にピンチなんだよ。あー、マジどーすっかなぁ……くそー」

片手で頭を掻きむしりながら、個室のドアに背を預《あず》ける。どしんと、思いのほか大きな音が響いた。

『何があったんです？』

電話口から聞こえる声がにわかに緊張を帯《お》びる。

普段は年齢不相応《ふそうおう》の平静《へいせい》を装い、そっけない態度しか取らない部下だが、こういう時は本気でこちらを案じた声になるのが可愛《かわい》い。自分との銃《ガン》勝負に負けては真《ま》っ赤《か》な顔で泣きべそをかいていた頃を思い出す。

（コイツもこういうところは、律儀《りちぎ》っつーか、可愛いんだけどにゃあ……）

まあ、そのせいで、ついついイビってしまっては、煙たがられているわけだが――。

『シュラさん？』

「いやな――実は今、新《あら》たにできる特殊部隊のことでちょっと問題があってさ……」

ざっとこれまでのことを話すと、最初は真剣に聞いていた雪男の様子が途中からありありとおかしくなった。

〝聖天使團《エンジェリッツクレギオン》〟と〝アーサーズ・エンジェル〟の名前を口にした途端《とたん》、電話の向こうで、

『ブフッ』

と明らかに笑い声と思《おぼ》しき音がもれ、その後、何かを堪えているような苦しそうな息遣《いきづか》

いが聞こえてきた。

見えないとわかっていてもシュラが口を尖《とが》らせる。

「てめえなあ……他人事《ひとごと》だと思って笑ってんじゃねーよ」

『いえ、笑ってませんよ。今のは兄のオナラです』

しれっと雪男が答える。

「嘘《うそ》つけ。どれだけでけえ屁《へ》だよ?」

『横にいるんです。まったく、兄さんにも困ったもんだ。——あ、兄さん。ちゃんと窓を開けて、空気の入れ替えをしておいてね?』

雪男はあくまで平然と小芝居《こしばい》を続けると、

『要は、軽便《けいびん》な名前にできればいいんですよね?』

そう言って少し黙った。策《さく》を練《ね》っているのだろう。ライトニングとはタイプが違うが、コイツはコイツで相当な策士《さくし》だ。

『——聖騎士《パラディン》はたしか、お酒に弱いんでしたね』

「ああ。ワインだけだとそれほどでもねえんだが、チャンポンすると一発だな……日本酒や焼酎は飲み慣れてねえせいか、かなり弱いぜ?」

そのくせ、飲むのは好きなのだ。そして、飲み会のたびに酔い潰《つぶ》れ相手に多大な迷惑を

かける――。

厄介《やっかい》な男だと、シュラなどは自分の酒癖の悪さも棚に上げ、辟易《へきえき》している。

『では、とことんまで酔わせたらどうです？　酩酊《めいてい》したところで、うまくおだてすかすとかなんとかして、シュラさんの考えた名前を承知させればいいじゃないですか？』

「……なるほど。酒か」

その手を失念《しつねん》していた。

「あー、でも、このクソ小洒落《こじゃれ》た店には、日本酒も焼酎も置いてねーしなぁ……」

忌々《いまいま》しさに舌打ちすると、携帯の向こうで雪男が呆《あき》れたように言った。

『なにも、敵地《てきち》で勝負をかけることはないじゃないですか。自分のホームグラウンドに連れて行ってからでも遅くない。シュラさんの行きつけのお店なら、日本酒も焼酎もうなるほどあるでしょう――？』

淡々《たんたん》としているだけに、妙な凄味《すごみ》がある。

電話の向こうでにっこりと腹黒《はらぐろ》く笑う少年の顔が、目に浮かぶようだった。

「――ほお。ここが、お前の行きつけの店か」


正十字《せいじゅうじ》商店街にある居酒屋《いざかや》の中で、現役の聖騎士《パラディン》は物珍《ものめずら》しそうに周囲を見まわしている。

部隊名の話題をのらりくらりとかわしつつ、二次会だと称《しょう》し、自《みずか》らのホームグラウンドへ引っ張りこんできたわけだが、やはり浮いている。ちょっとの乱れもない艶《つや》やかな金髪と、しなびた赤提灯《あかちょうちん》がこれでもかというほど似合わない。

まるで養鶏場《ようけいじょう》に孔雀《くじゃく》の雄が迷いこんでいるようだ。

一方、ライトニングの方はすっかりこの場に溶《と》けこんでいる。

「こういう店も落ち着けてイイよね～。あ、ポテトがあるー。ぼく、ポテトとオニオンリングとサイコロステーキが食べたいなあ。エンジェルは?」

「ふむ」

アーサーは、興味深げにベタついた居酒屋のメニューをめくり終えると、

「オレはワインをもらおうかな。そうだな、まずはローマ・コンティで」

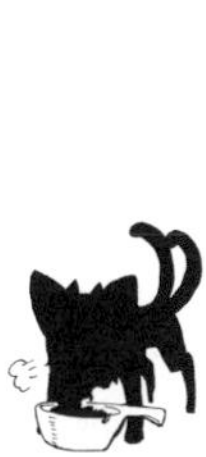

（オイオイオイ。こんな場末の居酒屋に、一本云十万《うんじゅうまん》のワインが置いてあるわきゃねーだろーが!!）

全力でつっこみたい気持ちを無理やり抑《おさ》えこみ、

「ワインって言っても、この店には、サングリアぐれえしかねえからな。日本酒や焼酎も美味《うま》いぜ？　たまにはワイン以外も試してみたらどうだ？」

さりげなく誘導《ゆうどう》する。変なところで頑《かたく》ななわりには、押しに弱いところもある上司はあっさりうなずいた。

「ならば、たまにはそうしてみるか」

「じゃあ、こっちで適当に注文しとくな」

顔なじみの店員にできるだけ強い日本酒を冷酒《れいしゅ》で頼み、自分用にだけ酒に見せかけた水を頼む。むろん、酒を飲みたい気持ちは山のようにあるが、ここで自分まで酔っぱらってしまっては、元も子もない。

愛すべき策謀家《さくぼうか》の部下からも、くどいほど釘《くぎ》を刺されている。

『くれぐれも言っておきますけど、この作戦は、シュラさんが酔わないことが大前提ですからね？　貴女《あなた》の酒癖《さけぐせ》の悪さは天下一品なんですから』

（わーってるっつーの！　ったく、生意気《なまいき》になりやがって……ビビリメガネのくせに!!）

耳元《みみもと》に蘇《よみがえ》った部下の声に、内心眉《ないしんまゆ》をひそめる。

「ただいま、ご用意いたしますので、少々お待ちくださいませ」

オーダーを終え、厨房《ちゅうぼう》に戻って行く店員の背中を見送り、一息《ひといき》吐く。

(よし……)

まずは第一段階クリアといったところだろう。

幸《さいわ》い、ホテルのレストランで飲んだシャンパンとビールのアルコールは少量ということもあり、すでに抜けている。今、自分はまったくといっていいほどの素面《しらふ》だ。

日曜の夜も遅い時間ということで、店内はそこまで混んでいない。飲み物も料理もすぐに運ばれてきた。

「――ほお、これは飲みやすいな」

アルコール度《ど》数《すう》の割に口当たりのよい日本酒を口に含《ふく》んだアーサーは、感心したように目を見張った。

「そーだろ? まあ、飲め飲め♪ おねえさ~ん、日本酒冷《ひ》や、お代わりぃ~」

上機嫌《じょうきげん》な口調のシュラが、まだ飲み終わっていないうちから追加注文を入れる。自然とアーサーの飲むペースも上がる。

そこにシュラが絶妙の間で『よいしょ』を入れる。

「おー、イイ飲みっぷりじぇねーか」

「ははは。当然だ。オレを誰だと思っている？」

徐々《じょじょ》に赤らんできた上司の顔に、シュラが内心、しめしめとほくそ笑《え》む。この調子なら、そろそろ思考回路があやしくなってくる頃だ。

（さて、あとはどう攻《せ》めるかだな）

シュラがいかに話を持ち出すか逡巡《しゅんじゅん》していると、ライトニングが思い出したように口を開いた。

「ところでさあ、さっきの話だけど、部隊の名前はどうすんの？」

「おお、そうだったな」

ほろ酔い状態のアーサーがご機嫌に応じる。

（ナイス！　ライトニング!!）

シュラはここぞとばかりに、攻めに入った。

「それだけどよ、やっぱりシンプルな方が、逆にカッコよくねえか？」

「だが、ここはやはり名乗りを上げた時のインパクトを考え――」

「いやいやいや。絶対、その方がいいって！　いかにも清貧《せいひん》なる正義の部隊って感じがするし、だいたい、隊員の士気云々《うんぬん》はさ、要は、指揮官のお前がより強く、光り輝いていりゃあ、それでいいんじゃねえか？　お前が隊の象徴《シンボル》なんだからよ」

慣れないおべんちゃらに尻《しり》の辺《あた》りがむずむずする。

だが、アーサーは思いのほか説得された表情で、うむ、とうなった。

「確かに、それは一理《いちり》あるな」

「な？　お前のそのまぶしさで、もう皆、腹一杯……じゃなかった、十二分に満《み》ち足《た》りてんだよ。これ以上の輝きは、むしろアレだ、アレ。凶器だ」

「なるほど……お前の言いたいことは、よくわかるぞ。シュラ!!」

「だろ？　むしろ、お前のその輝きを邪魔《じゃま》しないような地味な名前の方がいいんだよ」

自分で言っていて、口が曲がりそうだ。

だが、この際、そんなことは言ってられない。

せいぜいおだてあげると、上司はすっかりその気になったらしく、厳《おごそ》かにうなずいた。

「あい、わかった。お前の言う通りだ。部隊の名前は少しばかりシンプルなものにするとしよう」

（よっしゃ――!!）

シュラが胸の内《うち》で、両手をぐっと握《にぎ》りしめる。

――……が、

「では、〝聖守護天使團《ホーリー・ガーディアン・エンジェルズ》〟というのはどうだ？」

（!?）

続くアーサーの言葉に再び凍りついた。

「………なんだって？」

聞き間違《まちが》いかと思い、まじまじと上司を見やると、アーサーは冷《ひ》や酒《ざけ》の入ったぐい呑《の》みを傾《かたむ》け、さわやかに笑った。

「〝聖守護天使團《ホーリー・ガーディアン・エンジェルズ》〟だ」

「………」

「どうだ、シュラ。だいぶ、すっきりとしただろう？」

（いやいやいや、どこがだよ!?）

まるで変ってないうえに、さらにダサくなっている。もはや修正不可能、再起不能なレベルのダサさだ。

「あはは。さらに中二病臭《ちゆうにびようくさ》さが増しちゃったね」

あまりのことにめまいすら覚えるシュラをよそに、ライトニングが陽気に笑う。

「いいね。エンジェル。團員《だんいん》全員が壮絶《そうぜつ》な過去を背負《せお》って、右腕に何かを宿《やど》している感じだよ」

「はっはっは。お前のいう『チュウニビョウ』っぽさとやらを出してみたぞ。どうだ？『カッチョイイ』だろう？」

慣れぬ言葉を使いドヤ顔の上司が、想像を絶するほどに腹立たしい。

殴《なぐ》りたい。いや、いっそ殺したい。目の前から消し去ってしまいたい。

（いや……落ち着け……ここはもっとコイツを酔わせて、それから仕切り直しだ……）

必死に己《おのれ》を律《りつ》しながら、シュラがグラスを手にする。

ぐっとグラスをつかみ、中の水を一気《いっき》に飲《の》み干《ほ》すと、

「!!?」

胃《い》の腑《ふ》がカァーッと熱くなった。

きついアルコールの匂《にお》いが食道から鼻へと、瞬時《しゅんじ》に抜けていく。

（な……!?　はあ!?）

ぎょっとして空《から》になったグラスを凝視《ぎょうし》していると、

「——あ、ゴメ～ン。シュラ。キミのと間違えちゃったね。あはは……あれ、それにしても、コレ、ずいぶん水みたいなお酒だねえ」

ライトニングがシュラのグラスを片手に、すっとんきょうな声を上げる。

「すみませーん。冷や酒、三つ追加～。あ、そーいえば、キミ、泡盛《あわもり》が飲みたいって言ってたよね？　じゃあ、泡盛も追加で。あと、焼酎ももらおうかな～」

明るい声でオーダーを入れるもう一人の上司を前に、血中《けつちゆう》アルコール濃度が一気に上昇したシュラがぐらぐらする頭を抱《かか》える。

（くっ……そうか、コイツがいたんだった……）

完全なダークホースだ。

いや、今までもちょこちょこ茶々《ちやちや》を入れられたり、絶妙なタイミングで邪魔されてはきたのだが――。この男の気の抜けた言動についつい油断《ゆだん》してしまったのだ。

（まさか、コイツ……わざとじゃねーよな？）

自分の計画を見抜き邪魔をするために、わざと酒をすり替えたとしたら……。

疑いの眼差《まなざ》しを向けるが、当のライトニングは陽気な顔でポテトをぱくついている。とてもではないが、策《さく》を弄《ろう》しているようには見えない。

邪推《じやすい》するだけアホらしくなったシュラが、はあ、と嘆息《たんそく》する。

そうこうしている間にも、体の中の血管という血管をアルコールが駆《か》け巡《めぐ》っているのがわかる。

生カキ
馬刺赤身
500円
コロッケ
380円
冷奴
380円
の塩辛
280円
300円
メゴチ天ぷら
いわしフライ
450円
川海老の

それにしても、一気に飲んでしまったのがもったいないような美味《うま》い酒だった。

(日本酒かあ……アン肝《きも》ポン酢《ず》に合うんだよな～……あと、ネギと青柳《あおやぎ》のヌタに、地魚《じざかな》の刺身《さしみ》盛《も》りもイイにゃあ～……)

ほわんと幸せな気分になりかけ、はっと我に返る。大きく頭を振ってどうにか平静《へいせい》を保った。

(そうじゃねえだろ!! まじーな、とっとと、水でアルコールを分解しねーと……いや、ここはウコンか!?)

「ちょっとー、おねえさん。注文──」

片手を上げ、酒に見せかけた水のお代わりを頼もうとすると、絶妙のタイミングで追加の酒が運ばれてきた。

冷たい日本酒に、泡盛、割り用のお湯と梅干《うめぼし》、それから焼酎──。

「…………」

ずらりと並ぶ酒を前に、シュラの喉《のど》が、ごくりと鳴る。

「さあ、シュラ、お前も飲め! 今日は朝まで飲むぞ!! はっはっは!!」

「どうせエンジェルの奢《おご》りなんだし、飲まなきゃ損だよ～」

すっかりでき上がった様子《ようす》の上司二人が、笑いながら酒を勧《すす》めてくる。

「キミはロックだったよね。はい」

「…………」

当然のように手わたされ、つい受け取ってしまう。

真《ま》っ赤《か》な切子《きりこ》硝子《ガラス》のグラスに注《つ》がれた泡盛が、手のひらの中でゆらゆらと揺《ゆ》らめいている。まるで己を誘うようなその姿に、

『いいですか？　シュラさん。くれぐれも飲んじゃダメですよ』

冷静沈着かつ優秀な部下が制止する声が聞こえたような気がしたが、欲望に負けたシュラは、半《なか》ば無意識のうちにグラスを口へと運んでいた……。

──そこから先は、記憶がない。

✝

「う～ん……」

ごろりと寝返《ねがえ》りを打つと、背中から腰にかけて重たるいような痛みが走った。おおかた、固い物の上で寝てしまったのだろう。背骨がぎしぎしする。

もう一度、寝返りを打ち、瞼《まぶた》の向こうがやけにまぶしいことに気づく。

遠くで小鳥が鳴く声に、もう朝か——とシュラが上半身を起こす。

「……あー……くそ……頭、いてー……」

頭の後ろをボリボリと掻《か》きながら、顎《あご》が外《はず》れるくらいの大きな欠伸《あくび》をする……と、そこは見慣れた自分の部屋だった。思わず眉《まゆ》を寄せる。

「ありゃ……？　いつ、帰ってきたんだ？」

昨夜の己《おのれ》の行動を思い出そうとするが、居酒屋《いざかや》以降、ぽっかりと記憶が欠落《けつらく》している。

まあ、それ自体《じたい》はそれほど珍《めずら》しいことではない。寒空《さむぞら》の下、一升瓶《いつしようびん》を抱《かか》えてゴミ捨て場で泥酔《でいすい》していたことだってある。それを思えば、自宅にたどり着けただけ上出来《じようでき》だ。

「ま、とりあえずは、シャワーでも浴《あ》びるかにゃー……——って、うお!?」

欠伸混《ま》じりに立ち上がりかけたシュラが、その場で硬直する。

少し離れたフローリングの上に、ゴロリと寝《ね》っ転《ころ》がった男が二人——。

アーサー・A《オーギュスト》・エンジェルとルーイン・ライトが、なぜか自分の部屋で熟睡している。

「な……っ……」

声にならぬ悲鳴をあげるシュラの視界で、ライトニングがのそりと動いた。ふわーっと大きく伸びをし、そのまま緩慢《かんまん》な動作《どうさ》で起き上がる。また帽子を被《かぶ》っている。

「ありゃりゃ、あのまま寝ちゃったんだ。あ、シュラ、おはよー」

呆然《ぼうぜん》と立《た》ち尽《つ》くすシュラに気づくと呑気《のんき》に手を振ってきた。

「さすがにこの年で床の上で寝るとキツイなあ～」

「な……なんで、お前らがここにいんだよ!?」

ようやく我に返ったシュラが、非難をこめた眼差《まなざ》しを送ると、相手はしれっと答えた。

「あれー？　覚えてないの？　『よっしゃー、三次会は家飲みだ！　ウチでやんぞ!!　お前らついてこい！　にゃははは～』とか言って、キミが引っ張ってきたんじゃないか」

まるで覚えはないが、そう言われてみれば、確かに、ローテーブルの上には酒の瓶やワインボトル、ビールの空《あ》き缶《かん》、食べかけの乾《かわ》き物《もの》などが散乱している。いかにも自宅で飲んだ翌朝という状態だ。

結局、相手を酔わせるつもりが、自分まで酔い潰《つぶ》れてしまったわけか……。

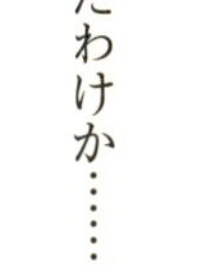

（マジかよ……くそ……）

自己嫌悪《じこけんお》に頭を抱えたシュラが、ふと重大なことを思い出す。がばっと顔を上げる。

「名前は？　隊名はどうなったんだ!?」

「えー？　そこも覚えてないんだ？　名前なら、これに決まったじゃん」

ライトニングがひょいと身を乗り出して、ローテーブルの上に置かれたコピー用紙をつかむと、こちらに寄越《よこ》してきた。

「…………」

恐る恐る視線を下げる。

――と、そこには、真っ黒な文字でデカデカと、

『命名、聖天使團《エンジエリックレギオン》!!』


そう書かれていた。

シュラの表情が凍りつく。しかも、恐ろしいことに、どこからどう見ても自分の筆跡だった。

「いや～、最後は激論《げきろん》でさ。五十個くらい名前が出たんだけど、ようやく二つに絞《しぼ》られ

たわけ。〝エンジェル戦隊《せんたい》〟か〝聖なる剣《セイント・ソード》〟で決まりかけたんだけど、泡盛《あわもり》を抱え飲みしてたキミが『やっぱ、最初のがよくね？』『なんか、よく考えたらいいよにゃ〜。〝聖天使《エンジエリツク》團《レギオン》〟』『もう、これしかねーだろ』って言い出してさ。そしたら、エンジェルが『そうか、わかってくれるか！　シュラ!!　やはりお前は俺が認めた奴だ』ってキミの両手をがしっとつかんで滂沱《ぼうだ》の涙。そして、二人は熱い抱擁《ほうよう》を——覚えてない？」

「…………」

　呆然と頭を振るシュラに、ライトニングが太平楽《たいへいらく》な顔で笑う。

「抱擁のところは冗談だけど、まあ、そんなわけで〝聖天使團《エンジエリツクレギオン》〟になったんだよ。エンジエル戦隊は決めポーズや隊歌《たいか》までできてたのにさ〜。あーあ、もったいなかったなあ」

「……決めポーズ…………隊歌……」

「ちなみに、エンジェルがエンジェル・ホワイトでぼくがエンジェル・ブルー、キミがエンジェル・ピンクだったんだよ〜」

　話を聞くだけで頭がくらくらした。

　そんなこっ恥《ぱ》ずかしい話し合いを、平均年齢三十のいい年こいた大人が——たとえ、素面《しらふ》でなかったとしてもだ——真剣にしていたという事実も耐えがたいが、そこに自分が参加していたというころがどうにも耐えがたい。さんざん身悶《みもだ》えしたうえで、そこらじゅ

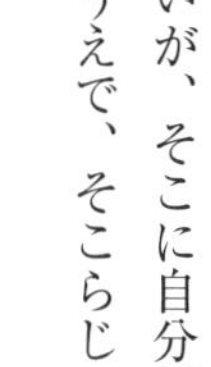

うをのたうちまわり、大声で叫び出したいほど恥ずかしい。

しかも、ライトニングの話を鵜呑《うの》みにするなら、最後の最後でその名を決めたのは自分ということになる。

信じられない。

いや、信じたくない。

だが、手の中にある一枚の紙が、何よりも雄弁《ゆうべん》に物語っていた。

（…………くっ……）

シュラが、がくりと項垂《うなだ》れる。もはや、もらす言葉もなかった。


「あー、お腹《なか》減ったな～。ねえねえ、エンジェルを起こして、角《かど》のファーストフードにモーニングメニューを食べにいこーよ。あそこのハッシュポテトとパンケーキが、美味《おい》しいんだよね～♪」

「――う～ん……なんだ、もう飲めんのか……だらしないな、二人とも……あっはっは」

「あれ？　どうしたの？　シュラ」

ライトニングの陽気《ようき》な声が、もう片方の上司の能天気《のうてんき》な寝言《ねごと》と相《あい》まって、思わずその場に突《つ》っ伏《ぷ》したくなった。


「――そうですか。結局、その名前で決まりましたか」

「言うな…………てか、なに笑ってんだよ」

「いえ。一ミリも笑っていませんよ。そうですか、〝聖天使團《エンジェリックレギオン》〟……」

「だから!!　わざわざ繰《く》り返《かえ》すんじゃねーっつーの!!」

「ああ、すみません。でも、もう、いいじゃないですか。〝聖天使團《エンジェリックレギオン》〟で」

「だー!!　繰り返すなって言ってんだろ!!　ビビリメガネのくせに!!」

体をくの字に折り曲げ、無言で笑い続ける部下のとなりで、

『酒は飲んでも飲まれるな』

ありがたい言葉の意味を噛《か》みしめる霧隠《きりがくれ》シュラ――二十六歳の苦《にが》い夏の日であった。

ブラッディ・フェアリーテイル

愛も信仰も、忠誠も、献身も、死への恐怖すらも、この身を救ってはくれない。

ならば、いったい何が、この醜《みにく》い世界から私を救い出してくれるのか……。

✝

南米《なんべい》の片隅《かたすみ》にある、なんの変哲《へんてつ》もない小さな村——ラ・ブエナ・ディオサ。

この村の存在を知ったのは、ほんの偶然だった。でも、この小さな村を知れば知るほど、ここしかないと思えた。

ここでなら、私の欲《ほっ》するすべてが手に入る。

村の中心にある寂《さび》れた共同墓地は、そう、子供の頃に夢見た宝箱そのものだった。

狙《ねら》いを定《さだ》めた私は、足繁《あししげ》く村に通《かよ》った。教会美術に興味があるとは、我ながらよい方便《ほうべん》を思いついたものだ。

村人たちは、こういった辺境《へんきょう》の村にありがちな、閉鎖的《へいさてき》な性質の者ばかりだったが、幸運にも村の子供の一人がすっかり懐《なつ》いてしまったことで、さほど私を疎《うと》ましがらなくなった。アニタという名前のその少女を連れていれば、ごく自然に村の中を動きまわれる。おかげで、ずいぶんと入念に準備ができた。

まさに、アニタ様様だ。

「セニョリータ《お姉ちゃん》、だいすき……」

横を歩くアニタが私の右手にそっと自分の手を添《そ》えてくる。少女の手はあたたかく、ちょっぴり湿《しめ》っていた。生まれたての仔犬《こいぬ》を連想する。

目が合うと少女は日に焼けた褐色《かっしょく》の肌で、はにかんだように笑った。つられて、私もやさしく微笑《ほほえ》む。

そして、心の中でこの哀《あわ》れで健気《けなげ》な子供にそっと告《つ》げる。

アナタが屍《グール》になったら、一番素敵《すてき》な屍番犬《ナベリウス》の部品にしてあげる。

そしたら、ようやくアナタを愛してあげられるわ。

だから、それまではゴメンなさい。

アナタが可愛《かわい》いなんて、これっぽっちも思えないのよ……。


「――落ち着いて、皆。大丈夫よ」

十回目の訪問の折、前もって蘇《よみがえ》らせておいた屍《グール》に村を襲《おそ》わせた。

動揺する村人たちを共同墓地の中心にある教会に巧《たく》みに誘導しながら、私はこみ上げてくる喜びを懸命《けんめい》に堪《こら》えていた。

うまくいった。

入念な下準備があったとはいえ、うまくいき過ぎて怖《こわ》いくらいだ。

死体に襲われるというショッキングな出来事に、村人はすっかりマリア・ラモーテというシスターを信用し、頼《たよ》りきっている。朝がくるまでに、彼らを処分するなど造作《ぞうさ》もないことだ。それこそ、赤子《あかご》の手をひねるように……。

そんなことより、重要なのは殺し方だ。

毒殺？　絞殺《こうさつ》？　それとも――。

もっとも遺体に与える損傷《そんしょう》の少ない殺し方を模索《もさく》していると、修道服《しゅうどうふく》の袖口《そでぐち》がぐいっと引っぱられた。見ると、アニタが震える手でつかんでいる。褐色の頬《ほお》は青ざめ、両目には大粒の涙が浮かんでいた。

「み……んな……ころされちゃうの？」

恐怖を必死に噛《か》み殺《ころ》した、か細い声だった。

「……ああ、アニタ。大丈夫よ。大丈夫。そんなこと、私がさせやしないわ」

「ホント？」

「ええ。ここは聖水《せいすい》で結界《けっかい》を張ってあるから、屍《グール》も入ってこられないわ。安全よ」

心にもないことを言い、少女をそっと抱きしめる。

「さあ、お母さんのところへ行ってなさい」

こくりと小さくうなずいたアニタだったが、ふと、ドアの脇《わき》にある窓を見てつぶやいた。

「ひかり…………」

「？　光……？」

首を傾《かし》げ、アニタの視線を追う。村の南西の空が、確かに真昼のように光っていた。公道に面した村の出入り口のある方角だ。

間違いない。アレは照明弾だ。

しかも軍用の物ではなく、祓魔師《エクソシスト》が対悪魔に用《もち》いる特注の品。私自身もいくつか携帯しているからわかる。

まさか、もうヴァチカンの犬どもに嗅《か》ぎつけられたのだろうか？　いや……それにしては、早過ぎる。

しばし逡巡《しゅんじゅん》した後、窓からアニタへと視線を移す。

「何かあったのかもしれないわ。私が見てくるから、アニタは皆と教会《ここ》にいなさい」

そう命じると、アニタが顔色を変えた。

「！　ダメ!!　ぜったい、いっちゃダメ!!　セニョリータ、ころされちゃうよ!?」

「ああ、アニタ。大丈夫よ……大丈夫」

心配してくれるのはありがたいが、正直、鬱陶《うっとう》しいことこのうえなかった。あまり懐《なつ》かれるのも困りものだと、内心、嘆息《たんそく》する。

「武器も持っているし。何かあったら、すぐに逃げるから……ね？」

興奮するアニタを言葉巧みになだめ、教会を出ると、南西の空はまだ光っていた。

なにせ、小さな村だ。

共同墓地を抜け光の見えた場所に辿《たど》り着《つ》くまで、いくらもかからない。それでも私が駆《か》けつけた頃には、すでに光は収《おさ》まっていた。

闇《やみ》の中、屍《グール》とは違う血の通った人間の気配を感じ、近くの民家の影にそっと身を隠す。

暗闇に目を凝《こ》らすと、二人の男が屍《グール》に取り囲まれていた。

背のひょろりと高い白人と、中ぐらいの東洋人。共に厳《いか》めしい黒い團服《だんぷく》に身を包んでいる。私自身も所属している正十字騎士團《せいじゅうじきしだん》の正式な團服だ。東洋人は腰のホルスターに拳銃を装備しているようだが、白人はぱっと見、丸腰《まるごし》だった。

あらあら。なんて、お粗末《そまつ》な装備なのかしら……。

思わず笑いがこみ上げてくる。

ヴァチカンからやって来ただなんて、とんだはやとちりもいいところだ。

私は己《おのれ》の勇《いさ》み足《あし》を笑いながら、二人の様子《ようす》を窺《うかが》うことにした。

照明弾の衝撃から復活し始めた屍《グール》の群れに、東洋人の男が手榴弾型《しゅりゅうだんがた》の聖水を投げつける。

空中で炸裂《さくれつ》した聖水に屍《グール》たちが悲痛《ひつう》な叫び声を上げた。

「ヒイイア゙アア゙ア゙アアア゙アアア!!」

っ……!!

屍《グール》たちの苦しむ姿に、私の胸も同じように悲鳴を上げた。

だが、しょせんは聖水と、己を落ち着かせる。AAA《トリプルエー》濃度の品でもない限り一時《いちじ》しのぎに過ぎない。なにより、相手はたった二人。

私の屍《グール》はその十倍はいる。

そうこうしている間にも、聖水の直撃を避《よ》けた数体が、東洋人に襲いかかった。

私は恍惚《こうこつ》と、その美しい鉤爪《かぎづめ》が男の肉を引《ひ》き裂《さ》く瞬間を想像する。

だが、異国の男は軽く上半身を後ろに引くと、屍《グール》の顎《あご》に強烈な蹴《け》りを浴《あ》びせた。そのまま、もう一体の屍《グール》に肘鉄《ひじてつ》をくらわせると、背後に跳《と》び退《すさ》り、よく通る声で祈りの言葉を唱《とな》え始める。

よどみなく奏《かな》でられるそれは、獣《けもの》のようにあらあらしく、聞く者の心を食らいこんで離さないほどの力強さに満ちていた。包みこむようなやさしさもなければ清《きよ》らかさもない。

けれど、今まで聞いたどの祈りより激しく——それは、私の胸を、魂《たましい》を震わせた。

男はそれほどの詠唱《えいしょう》を披露《ひろう》しつつも、前後左右から襲いかかる屍《グール》を軽くいなしている。

詠唱中、無防備になる詠唱騎士《アリア》が多い中、男の反応は見事としか言いようがなかった。

まるで流れる水のような動きだ。相当な手練《てだれ》だということは、格闘技《かくとうぎ》にそれほど詳《くわ》しくない私にだってわかる。

アレが、アジア映画によく出てくるカンフーというやつだろうか。

私はしばらく男の動きに見惚《みと》れていたが、そんな場合ではないことを思い出す。第一、なんであの東洋人だけ戦っているのだろうか。

もう一人は――？

暗闇の中、白人の姿を探すと、喧騒《けんそう》から離れたところで、何を手伝うわけでもなく木偶《でく》のように突っ立っていた。大量の屍《グール》に囲まれ足が竦《すく》んでいるのかもしれない。だとしたら、だいぶ情《なさ》けない。

「アーメン」と結んだ東洋人が、宙に大きな十字を切る。

その瞬間、彼らの死体に取《と》り憑《つ》いていた悪魔は祓《はら》われ、死者はただの死体に戻る――

……はずであった。

だが、現実には屍《グール》は祓われなかった。

何事もなかったかのように、二人に群がっていく。

東洋の男が異国の言葉で何事かうめき、舌打ちした。おおかた、なぜ詠唱が効《き》かないのかとでもうめいたのだろう。

民家の古びた壁に背をもたせかけ、声を出さずに私は笑った。

不思議《ふしぎ》？　不思議でしょうね。

でもね、それじゃダメなのよ。

ご愁傷様《しゅうしょうさま》。

なんなら、もう一度、やってごらんなさいな。

ひとしきり笑ってやった後、再び愚《おろ》かな男どもの様子を観察しようと顔をのぞかせると、一体の屍《グール》が獣のように東洋人に襲いかかるところだった。

男は必要最小限の動きでそれを避《よ》けると、さらに跳《と》びかかってきた屍《グール》を素手《すで》で殴《なぐ》り倒《たお》し、容赦《ようしゃ》なく首を捻《ね》じ曲《ま》げた。そのまま、力をこめる。ぶちっと嫌《いや》な音がして、屍《グール》の胴から頭部がもげた。

男は眉《まゆ》ひとつ動かさず頭部を投げ捨てると、別の一体の肩から腕をもぎ取り、本体を地面に叩《たた》きつけた。分厚《ぶあつ》いブーツの底で胸部を一気《いっき》に踏《ふ》み抜《ぬ》く。

「ギヤアアアアアアアア……!!!」

苦しげな絶叫《ぜっきょう》に、私は自分の全身から血《ち》の気《け》が引くのがわかった。

どうやら、詠唱が効かないとわかり戦法《せんぽう》を変えたらしい。

一体、一体、確実に破壊《はかい》していく気だ。

圧倒的な数の差などものともせぬ男の様子に、戦慄《せんりつ》すら覚《おぼ》えた。

まずい……。

このまま放っておけば、私の大切な部品が大量に傷つけられてしまう。

もう、観察は終わりだ。

私は修道服の裾《すそ》に手を入れ、太腿《ふともも》に巻きつけたホルダーから照明弾を抜き取った。すば

やくピンを抜き、二人の男と屍《グール》の頭上に放り投げる。

闇の中、破裂《はれつ》したそれから、まばゆいばかりの閃光《せんこう》がほとばしり、屍《グール》の動きが鈍《にぶ》った。

「こっちよ!!」

英語で呼びかけると、東洋人の方が先にこちらに気づいた。いきなり現れた女をいぶかしむような顔をしている。

案《あん》の定《じょう》、警戒心が強い。こういう時はゴリ押しに限る。利《き》き腕《うで》を伸ばし、早く、と急《せ》き立《た》てる。

「早く、こっちに! すぐに光は消えるわ!!」

我ながらアカデミー賞ものの切羽詰《せっぱつ》まった演技で叫ぶと、ほどなくこちらに駆け寄ってきた。

遠目《とおめ》からでは正確なところがわからなかったが、こうして見ると、百七十センチある自分より十センチほど高かった。中肉中背——いや、東洋人にしては長身だ。間近で見た顔は、思っていたよりも涼やかで、男臭《おとこくさ》かった。色素の薄い短髪が、少年のようにも、ずっと年上の男のようにも見える。

もともと、東洋人の年齢はわかりにくい。

「お前は、なんでここにいる? 同業者か?」

「自己紹介は後よ」

流暢《りゅうちょう》な英語の問いに短く返し、男の手首を取って強引《ごういん》に走り出す。

「ほら、そっちのアナタも！　早くしなさい!!」

白人にも声をかけ、一路《いちろ》、教会へ向かう。白人の男はひょろひょろと、まるでやる気の感じられない動作でついてきた。

敷地内には、私がこの村まで乗ってきた白い自家用車が停《と》めてある。その前で男の手を放した。

愛車のタイヤは、早々《そうそう》に、前輪と後輪共にひとつずつ屍《グール》に引《ひ》き裂《さ》かせている。村人がこれに乗って助けを呼びに行こうと言い出さないためだ。同様に、村中の車を襲わせてある。

もちろん、電話線もすでに切断済み。

今やこの村は、ちょっとした陸の孤島だ。

私が己の仕事に満足していると、

「キョウ……カイ――？」

東洋人の男が、耳慣れぬ異国の言葉でつぶやいた。眉間《みけん》にしわが寄っている。

おそらくは、なぜ、己の詠唱が効かなかったのか、いぶかしんでいるのだろう。

男の横顔は鋭利《えいり》な刃物に似ていた。鋭《するど》く、冷《ひ》ややかで一分《いちぶ》の隙《すき》もない。この男は要注意

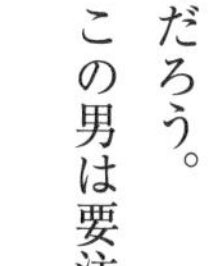

だ。

「どうやら、うまくまけたようね」

ほっとした表情を作って、さりげなく二人の男に語りかける。

私のこの華《はな》やかな顔立ちや、微笑んだ口元からのぞく真っ白な歯が、初対面の相手――こと男性に対して絶大な効果を放つことは、十二分に自覚している。使えるものはすべて使う。女という性を使ってなにが悪い。

どさくさに紛《まぎ》れて彼らを始末するにしても、この身を使って籠絡《ろうらく》するにしても、当面は味方のふりをすべきだろう。

「村の人たちは全員、ここに隠れているわ。敷地のまわりを高濃度の聖水で囲っているから、中級以下の悪魔は入れない。安全よ」

「結界はお前が？」

私が話し終えるのを待って、東洋人が尋《たず》ねてくる。今度はちゃんとした英語だった。

「ええ」

「正十字騎士團日本支部所属、藤本《ふじもと》獅郎《しろう》だ」

そう言って、内ポケットから取り出した免許証をかざす。

この男、ジャポネだったのか……。

正直、意外だった。

まったく訛《なま》りのないネイティヴのような英語の発音にしろ、初対面の人間を真《ま》っ直《す》ぐ射《い》抜《ぬ》くように見てくるところにしろ、はっきり言って日本人らしくない。

私の中にある日本人のイメージといえば、むやみやたらとヘラヘラ笑っているわりには、他人と決して目を合わせず、猫背《ねこぜ》でせせこましく動き、首からカメラを下げていて、子供はおろか、大の大人《おとな》でも驚くほど英語が下手《へた》だ。

イメージと合致《がっち》するところといえば、この男のかけている度のきつい眼鏡《めがね》ぐらいだろうか……。

「マリア・ラモーテ。上二級。取得称号《マイスター》は、詠唱騎士《アリア》よ」

ともあれ、私も胸元《むなもと》に金のチェーンで下げた階級証をかざしてみせた。お仲間だと知らせるのは油断《ゆだん》を誘ううえでも、限りなく有効な手だ。

男・フジモトはチラリと階級証を一瞥《いちべつ》すると、

「――マリアか。なあ、俺らどっかで会ったか?」

人差し指を自分と私との間で気《け》だるげに前後に揺らした。

「?　悪いけど、覚えがないわ」

軽く頭を振ると、日本から来た男は、おかしーな、と硬《かた》そうな髪を掻《か》きむしった。

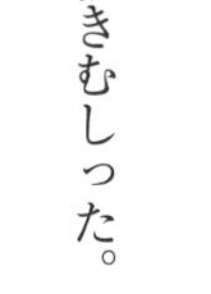

「美人は一度見たら忘れねえのが、ポリシーなんだが……」

そう言って、ニッと片方の唇《くちびる》を吊《つ》り上《あ》げる。女慣《おんなな》れした笑い方だった。

これがジャポネ？　私は呆《あき》れを通り越して、いっそ感心すら覚える。

返事の代わりに鼻を鳴らしてみせると、

「私もよろしいですか？　藤本先輩」

白人が、こちらも流暢な英語で会話に入ってきた。

さりげなく第二の男を観察する。

まず、ひどく背が高い。私でも見上げるほどだ。

おそらくアーリア系であろう男の肌は、血管が透《す》けて見えるほどに白い。目鼻《めはな》立ちは整っていて美形と言えなくもないが、目の下にびっしりと浮いた隈《くま》のせいか、やや神経質な印象を受けた。

「私は彼の後輩で、下二級のヨハンです。よろしく。お美しいシスター」

芝居《しばい》がかった動作と張りのあるバリトンで、気障《きざ》な台詞《せりふ》を臆面《おくめん》もなく口にする。しかも、それが妙に様《さま》になっていた。

この年で下二級ということは、さしずめ祓魔師《エクソシスト》になりたてというところだろう。

それならば、下ろしたてのような團服が気の毒なくらい似合っていないのもうなずける。

しかも、ひ弱そうだ。

こちらは注意不要。

頭の中のメモにそう記《しる》し、視線をフジモトに戻す。

まず、何をおいても確かめておきたいことがあった。

「二人ともスペイン語は？」

南米はいまだスペイン語が主流だ。この村の人間たちも日常会話はスペイン語で、英語はまるでわからない。ゆえに、この二人がスペイン語を話せると少々厄介《やっかい》なことになる――。しかし、二人は首を横に振った。

それに安堵《あんど》する。どうやら、運は私の味方らしい。

「そもそも、日本支部の人間が、なぜここに？」

「国際親善に基《もと》づく越境任務だ」

私の問いに最初に答えたのはフジモトだった。とはいっても、欠伸《あくび》を噛み殺しながらだが……。

それに、ヨハンが愉《たの》しげに言いそえる。

「無事任務を終えて、もよりの支部に戻る途中にガス欠《けつ》を起こしましてね。そこから歩いてきたんですよ。ええ。だから装備も貧弱《ひんじゃく》なんです。あらかた使いきってしまいましたか

ら」

思いもよらぬ僥倖《ぎょうこう》だった。私は、しめた、とほくそ笑《え》みたい衝動を懸命に押し殺した。

驚くほど軽装備な理由はそれか。

ならば、殺すのもわけはない。殺した後ですぐにその死体を任務地周辺に捨てに行けば、支部の目も誤魔化《ごまか》せる。まさに不幸中の幸いだ。

「祓魔師《エクソシスト》が万年、深刻な人手不足というのは、本当なんですねえ。私のような新米《しんまい》でも駆り出されてコキ使われるなんて……いやはや、就職先を間違えました」

にこやかに愚痴《ぐち》をもらす後輩を放置し、フジモトが尋ねてくる。

「いったい、どうなってんだ？　この村は」

口調はくだけているが、相変《あいか》わらず目つきが鋭い。軽薄そうな雰囲気とは裏腹《うらはら》に、この男にはまるで隙がない。油断をしていれば射抜かれる――そんな思いから、私はさりげなく視線を逸《そ》らせた。

相手の目を見すぎるのは危険だ。特に鋭い相手の場合は。

かといって、あまり露骨《ろこつ》にそらし続けるのもアウトだ。自《みずか》らあやしんでくださいと言っているようなものだ。

ここらへんの匙《さじ》かげんには自信がある。

「……私が夕方、ここに来た時には、すでに屍《グール》が村じゅうをうろついていたわ」

精一杯、敬虔《けいけん》で善良な祓魔師《エクソシスト》の女を演じる。

困惑《こんわく》したように下唇を軽く噛んでみせると、本当にそんな気分になってきた。眉間に寄せたしわも、驚くほど自然はなずだ。

「いきなり死体に襲われた村の人たちはひどいパニック状態になっていて——とても収拾がつかなかった。この教会に結界を張って、皆をここに連れてきたのが、つい一時間ぐらい前かしら……」

私はいったん、そこで言葉を区切ると、

「——とりあえず、教会の中に入りましょう」

と、二人をホームグラウンドへと誘った。

しゃべればしゃべるほどボロは出やすい。

状況に関する会話は最低限に留《とど》めるに限る。

「また、屍《グール》が襲ってくるかもしれないし。話はそれからでもいいでしょう?」

そう言うと、二人の男はあっさり了承した。

とんだ招かざる客だが、この際、二人が男でよかったと思うことにしよう。女ではいざという時、色《いろ》じかけもできやしない。

特に、この日本人の方は女好きのようだ。こちらさえなんとかすれば、弱そうなヨハンは問題ないだろう。

大丈夫。たいした支障《ししょう》はない。

自分にそう言い聞かせ、二人の先に立って教会のドアを押し開ける。凝った作りのせいか、むだに重たい扉を、背後からさりげなく支えてくれたのはフジモトだった。そのジャポネらしからぬフェミニストぶりに、肩ごしにそっと流し目を送り、頬《ほお》をゆるめる。

「アナタたちには気の毒だけど、アナタたちの車がガス欠してくれて……助かったわ」

「美人にそう言われると、ここまで歩いてきた甲斐《かい》があるってもんだな」

フジモトがいかにも軽薄な調子で笑う。

そんな彼に穏《おだ》やかに微笑み返す。

胸の中では、どうやったらこの日本から来た男を籠絡《ろうらく》できるか、そればかりを考えていた。

少なくとも今晩じゅうに、二人を始末しなければならない。

そう、なんとしても——。

教会正面のドアを入るとすぐ主聖堂《しゆせいどう》が広がっている。

高い天井には幼い神を抱いた聖母が繊細《せんさい》な筆遣《ふでづか》いで描《えが》かれており、この規模の村にしては意外なほど手のこんだ造《つく》りだ。

フジモトの後から教会に入ってきたヨハンが「これはまた美しい……」と感嘆《かんたん》の声を上げる。やはりむだに芝居《しばい》がかった口調だ。

祓魔師《エクソシスト》よりも役者にでもなった方がいいような男だと思っていると、

「で？　支部に連絡は入れたのか？」

主聖堂内を眺《なが》めながら、フジモトが尋《たず》ねてきた。

きた……。

避《さ》けられない質問だとは思っていた。私は己《おのれ》を落ち着かせ、前もって用意してある返答を口にした。

「入れようとした時には、もう電話線が切られていたわ」

「屍《グール》か？」

「たぶん……そうじゃないかしら」

「ふーん。最近の屍《グール》はずいぶんと知能が発達してんだな」

フジモトがさらりともらした言葉に、内心びくっとする。

落ち着け。きっと、この男の発言に深い意味はない。そう己に言い聞かせ、

「腐っても悪魔ってことでしょうね」

面白《おもしろ》くもない冗談を口にする。

「あるいは、もっと高位《こうい》の悪魔が裏で糸を引いているのかも。腐の王《アスタロト》とか」

「腐の王《アスタロト》ねぇ」

大物の名前を出して、浮足立《うきあしだ》たせようという狙《ねら》いもあった。なのに、フジモトはまったく動揺《どうよう》した気配もなく、あろうことか節《ふし》くれだった指で耳の穴をほじくっている。肝《きも》が太いのか、やる気がないのか、単に感情の起伏《きふく》がないのか——イマイチわからない男だ。

しかたない。私はそのまま嘘《うそ》の回想を語り聞かせた。

「他に通信手段がないかと思って、外に出て探していたんだけど、照明弾《しょうめいだん》の光が見えて……駆《か》けつけたら屍《グール》に襲《おそ》われているアナタたちがいたってわけ」

「で？　あったのか？」

いかにも残念そうな顔を作り、無言で頭を振ってみせる。このぐらいがベストだろう。

しゃべり過ぎるのは危険だ。

外部への通信手段が遮断《しゃだん》されているというのに、フジモトは特に気落ちした様子《ようす》もみせず「ふーん」と言っただけだった。

なんとも拍子抜《ひょうしぬ》けすると思えば、

「ここへは仕事できたのか？」

またしても面倒《めんどう》な質問をぶつけてくる。

「いいえ。休暇《バカンス》よ」

まあ、こちらも前もって回答用意済みだが。

「教会美術に興味があってね。一般ではあまり知られていないけど、ここの教会はその方面じゃけっこう有名なのよ？」

平然と答え、祭壇《さいだん》の前で効果的に足を止める。

主聖堂の正面——東の方角《ほうがく》にある巨大なステンドグラスには、色鮮《いろあざ》やかな硝子《ガラス》で神の言葉を伝える大天使や若き日の聖母が、荘厳《そうごん》な美しさで描《えが》かれている。見事な品だ。辺境の寂《さび》れた村に似つかわしくないこの芸術品のおかげで、この村に足繁《あししげ》く通《かよ》う口実《こうじつ》ができたのだから、なんともありがたい品といえるだろう。

まあ、本音《ほんね》を言ってしまうなら、特に興味があるわけでもなく、なんの愛着もありはし

ないが……。

「ここから朝日が立ちこめる様は、それはもう、感動的よ」

うっとりとした表情を作ってステンドグラスを見上げる。

フジモトも同じようにそうしていたが、不意《ふい》に、

「何度も来たのか？」

「え？」

「ここで朝日を見たんだろ？」

「!!」

全身から、さっと血《ち》の気《け》が引くのがわかった。しゃべり過ぎた。さっき着いたばかりの自分が、ここで朝日を眺めているはずがないではないか。

あれほど注意していたのに……。自分の失言に舌打ちしたい思いに駆られる。

だが、この程度の綻《ほころ》びならばいくらでも誤魔化《ごまか》しがきく。私はすぐに頭を切り替えた。

「実は――これで二回目なの。どうしても、この美しさが忘れられなくて……」

年甲斐《としがい》もなく少女のようにはにかんでみせ、

「シローの趣味は？」

すかさず話題を変える。さりげなく下の名前《ファーストネーム》を呼ぶことも忘れない。『フジモト』とい

う名字《みょうじ》が発音しにくいせいもあるが、あえて下の名前で呼ぶことで、彼に親近感を与えたかった。

私はアナタの敵じゃないのよ。

だから、そう威圧《いあつ》しないで。

「ゴルフ？　それとも、カメラ？　それとも――」

「さあな」

フジモトが團服《だんぷく》の内《うち》ポケットからタバコの箱を取り出し、一本抜いて口にくわえる。

「強《し》いて言うならコイツだ」

そう言い、両目を細めて笑う。倦《う》んだようなその笑《え》みは、男臭《おとこくさ》く、妙な色気があった。

思わずドキリとする。

男の目は驚くほど茶色い。それに一瞬、呑《の》まれかけた自分に気づき叱咤《しった》する。

ミイラ取りがミイラになってどうする。

「……いかにも、退屈なジャポネらしい答えね」

つまらない男、というように嘆息《たんそく》し、己の心を落ち着かせる。

「教会内は禁煙よ。怪我人《けがにん》もいるんだから」

そう言ってくわえたばかりのフジモトのタバコを取り上げる。フジモトは眉《まゆ》をひそめた

が、抗議はしなかった。

主聖堂の隅《すみ》には、村人たちがかたまって座っていた。皆、怯《おび》えた目でこちらを見ている。その戸惑《とまど》いを露《あら》わにした視線に、二人の男の素性《すじよう》を説明していないことを思い出す。

「ちょっと失礼」

フジモトから離れ、彼らのもとへ向かうと、まずアニタが駆け寄って来て、両手で私の腰にぎゅっとしがみついた。子供のあたたかな体温が伝わってくる。

「セニョリータ《お姉ちゃん》……あのヒトたちは？」

「あのお兄さんたちも私と同じ祓魔師《エクソシスト》なの。大丈夫。味方《みかた》よ」

怯える少女にそう言い聞かせると、司祭《しさい》以下、皆、露骨《ろこつ》にほっとした表情になった。普段は閉鎖的《へいさてき》で外部の人間を嫌うくせに、こんな時ばかりは、その存在がありがたいらしい。

身勝手なものね。心の中で嘲笑《ちようしよう》とともに、そう毒づく。

「――コイツらの魔障《ましよう》の手当ては済んでるのか？」

いつの間にか背後《はいご》にきていたフジモトが、かったるそうに尋ねてきた。

「え……ええ」

咄嗟《とつさ》に返答に詰まった。

村人の中で怪我をしているのは十人ほどだ。しかも、致命傷《ちめいしょう》になるような傷は与えていない。大切な部品を傷つけたくなかったからだ。そんな配慮《はいりょ》も、この意外に鋭《するど》い東洋人の男に違和感を抱《いだ》かせるのではないか、と内心ヤキモキしつつも「一応は」と答える。

「でも、私、医工騎士《ドクター》じゃないから……」

自信がないわ、というふうに肩をすくめてみせる。そこで、ふとこの男に見せられた免許証の中に医工騎士《ドクター》の文字が入っていたことを思い出した。

チラリともの言いたげな視線を向けると、フジモト自身もそれに気づいたように、眉をひそめ、

「ヤブヘビダナ」

と私の知らない国の言葉でつぶやいた。

その言い方と表情が、不覚にも妙に可愛《かわい》らしく感じられてしまった……。

✝

フジモトが村人たちの魔障《ましょう》を洗浄している間、私は手持無沙汰《てもちぶさた》に主聖堂《しゅせいどう》内をうろうろしているヨハンに接触することにした。

村人の誰一人として英語を話せないのだから、側《そば》にいて会話に耳をそばだてる必要もないと思ったのだ。

ヨハンは祭壇《さいだん》の左脇にある地下墓地《カタコンベ》に続く石段をのぞきこんでいるところだった。入口をコの字型に囲った木枠《きわく》のところに、ロープが張られている。

「あいにく修復中みたいね」

「――ええ。残念です」

私の言葉に、ヨハンがちっとも残念そうでない様子《ようす》でうなずく。こちらの男も、何を考えているのかわからないという意味では、フジモトとどっこいどっこいだ。

さりげなく並んで立つと、その背の高さがさらに際立《きわだ》った。一度として太陽の日差《ひざ》しを浴《あ》びたことがないような生白《なまじろ》い肌で、ひょろひょろと細く頼《たよ》りない身体《からだ》つきをしているが、この上背《うわぜい》は厄介《やっかい》だ。

「シローは強いのね」

「それはもう」

ヨハンが思わせぶりに目配《めくば》せをしてみせる。

「化け物ですよ。彼は」

「アナタは？　アナタも何か武術《ぶじゅつ》を？」

それとなく水を向ける。

「ご冗談を」

ヨハンは大仰《おおぎょう》に笑った。両目だけが下弦《かげん》の月《つき》のようなカーブを描《えが》く。『不思議《ふしぎ》の国のアリス』に出てくるチェシャ猫を想わせる笑顔だった。

「私はこう見えて、平和主義者ですから」

自《みずか》ら使えない駒《こま》だと公言しているような新米祓魔師《しんまいエクソシスト》の台詞《せりふ》に呆《あき》れつつも、ここはお追《つい》従《しょう》笑《わら》いを浮かべてみせる。

「銃《じゅう》は？」

「使いません」

使えませんの間違いだろう——胸の中でつっこみを入れる。

「シローは竜騎士《ドラグーン》の称号《マイスター》も持っているのよね？」

なのに、なぜ、さっき銃を抜かなかったのかと尋《たず》ねると、任務《にんむ》の際に弾詰《たまづ》まりになってそのままだという。

「彼の性格そのままに歪《ゆが》んでいるんですよ。しょっちゅう詰《ジャム》まるんです」

「あらあら、ひどい言われようね」

ヨハンの軽口《かるくち》に小さく吹き出してみせる。

今回は演技だが、実際、胸が弾《はず》んでいた。これは思ってもない朗報《ろうほう》だった。たったひとつの武器がポンコツとは。もはや完全にツキはこちらにある。

その後もいろいろ他愛《たわい》もないことをしゃべり、だいぶ聞き出せた頃に、ヨハンが「さて」と言った。

「外を見てきます。少しは働かないと先輩に後でドヤされますから」

「丸腰《まるごし》なんでしょう？　危ないわ」

強く止める気などさらさらなかったが、一応、心配する素振《そぶ》りを見せておく。

本心を言うなら、ここでこの男が勝手におっ死《ち》んでくれれば最高だ、とさえ思っていた。

「ねえ、ヨハン。せめて、朝になって屍《グール》の動きが鈍《にぶ》くなってからじゃないと……」

心優しい善良なシスターであれば、おそらくこう言うであろうことを口にすると、

「心配はご無用ですよ。シスター」

「でも……」

「アナタに憂《うれ》い顔《がお》は似合いませんよ」

歯の浮くような台詞《せりふ》を残し、第二の男はふらふらと出ていった。

その真新しい團服《だんぷく》に着られているような後ろ姿を眺《なが》める。

まったくもって、臆病《おくびょう》なのか図太《ずぶと》いのか、頭のネジが緩《ゆる》いのか、よくわからない男だ。

　ヨハンを見送った後で入口の扉を閉め、フジモトのもとへ歩み寄る。すでに、あらかたの処置を終えていた。どうやら医工騎士《ドクター》としても優秀らしい。

　こちらはこちらで煮ても焼いても食えない男だ。

「何か手伝うこと………は、ないみたいね」

　おどけた口調で言うと、フジモトが「あるぜ」と応じた。

　懲《こ》りずに懐《ふところ》から出したタバコの箱をかざす。


「――火ィ、貸してくれ」


　再びタバコを取り上げることはせず、止血《しけつ》用に持ち歩いているライターを貸してやると、東洋人の男はひどく美味《うま》そうに、よれたタバコを吸った。よほどのヘビースモーカーなのだろう。その時ばかりは鷹《たか》のような目元がわずかに緩んでいた。

　こんな顔もするのね。

　目尻《めじり》にわずかに浮いたしわに、柄《がら》にもなく穏《おだ》やかな気持ちになった。

　村人から離れた長椅子《ながいす》に異国の男と並んで腰かける。

「ヨハンが偵察《ていさつ》に出たわ」

そう報告すると、フジモトはさも興味がなさそうに「あ、そ」と答えた。

諫《いさ》めるように、ベールの下の片眉《かたまゆ》を軽く持ち上げる。むろん、演技だ。

「心配じゃないの？　後輩なんでしょ？」

「ガキじゃねえんだ。自分でなんとかすんだろ」

フジモトの答えはにべもない。

「冷たいのね」

「野郎《やろう》にはな。女にはやさしいぜ？」

ずいぶんと乾いた笑いをする男だ、と思った。

無理にそうしているのとも、格好《かっこう》をつけているのとも違う。身体の中に大きな空洞《くうどう》を抱《かか》えているような、そんな感じだった。

少しだけ――男との距離を詰める。

さりげなく身体を動かして、隣に座る男の鼻孔《びこう》に香水の匂《にお》いを届けた。こういう時のため、男受けのする型番をわざわざ選んである。

「ヨハンから聞いたわ。アナタ、神父《しんぷ》なんですって？」

「資格を持ってるってだけだ」

「アナタの詠唱《えいしょう》すごかった……さすがは神父ね」

「祈りなんて皆、どれも同じだろ」

木で鼻をくくるような返答に、私は軽く頭を振る。確かに、祈りの言葉はどれも同じだ。

けれど——。

「アナタの祈りみたいに胸に響いたことは、これまでに一度だってなかった」

「…………」

「本当よ」

それだけは嘘《うそ》やお世辞《せじ》ではない、心からの言葉だった。

これまでも、いろいろな祈りの言葉や慈愛《じあい》に満ちた説法《せっぽう》を聞かされてきた。でも、どれもがうわべだけの欺瞞《ぎまん》と虚偽《きょぎ》に彩《いろど》られたものにしか聞こえなかった。

この世はしょせん、苦界《くがい》だ。献身は裏切られ、情愛は踏みにじられ、不条理《ふじょうり》な悲しみと苦痛に満ちている。人はその中を、泥まみれで這《は》いまわるしかない。

この男の祈りは、そういった汚なさを、なまなましいまでに表現していた。

もし、悪魔に家族を殺された時、最初にこの男のような神父に出会っていれば——あの魂《たましい》を揺《ゆ》さぶるような祈りの言葉を聞いていれば——私は今、ここにはいなかったかもしれない。まったくちがう人生を歩んでいたかもしれない……。

そんなことを考え、ふと遠い目つきになる。

「祈り自体に他人を救う力なんざありゃしねえよ」

フジモトが独《ひと》り言《ごと》のようにつぶやいた。

「あるとすりゃあ、それを聞く人間の心の中にだ」

「……そうね」

本当に、そう。

知らず、唇《くちびる》の端《はし》だけで微笑《ほほえ》んでいた。まぶしげに細めた目をフジモトに向ける。どこまでが演技で、どこまでが素《す》なのか、自分でもわからなかった。

「アナタは良い神父だわ」

「今まで誰からも言われたことねえけどな」

「ふふふ。皆に見る目がないのよ」

からかうように言うと、男が小さく笑った。それになぜか、胸のあたりが満《み》ち足《た》りたようにあたたかくなる。

いずれ始末しなければならない男との会話を、ごく自然に楽しんでいる自分が不思議だった。

楽しい？　違う。これは、さも楽しそうに見せかけ、この男を油《ゆ》断《だん》させるためだ。決して、本心ではない。

己《おのれ》に言い聞かせれば言い聞かせるだけ、妙な焦燥感《しょうそうかん》が胸に渦巻《うずま》いていく。

「今後の方針は？」

焦燥を打ち消すために話を現実へ戻すと、

「……とりあえず、屍《グール》の活動が鈍《にぶ》る夜明けを待って助けを呼びに行く。それでいいな？」

フジモトがタバコをくゆらせながら答えた。

妥当《だとう》な案だ。ことさら、強硬《きょうこう》案を出されたらどうしようかと思っていただけに、内心《ないしん》、肩透《かたす》かしをくった感じすらした。

「ええ――」

とうなずいた後で、シロー、とその名を呼ぶ。

わずかな間をおいて、長椅子の上に置かれた男の手の上に、自分の手のひらをのせる。

あえて、それ以上の接触は控《ひか》えた。ただ、手首を動かし、そこに巻かれた包帯を少しだけ見せる。

……大丈夫。わざとらしくはない。

きっと、これ以上ない効果的なタイミングなはずだ。

「……私は悪魔に大切な人たちを殺されて、自殺にも失敗して、祓魔師《エクソシスト》になったの」

本当のことなのに、今まで一番嘘臭《うそくさ》く、うんざりするほど白々《しらじら》しく聞こえるのはなぜ

だろう？

「もう、誰にもあんな思いはさせたくない」

手のひらの中の男の手は冷たく、皮膚が岩のように硬《かた》かった。無骨《ぶこつ》で、力強い、戦いに身を置く男の手だった。

私の手のひらを払うこともしない代わりに、慰《なぐさ》めることもしない。

その距離感がひどく心地《ここち》よかった。

「力を……貸してくれる？」

すがるような声を出す。

異国から来た男は短くなったタバコをくゆらせながら「ああ」と短く答えた。

「それが祓魔師《オレ》の仕事だからな」

その声は、ことさら恩着せがましくもなく、どこまでも乾いていた。きついタバコの香りが鼻孔をくすぐる。

すべてが計算《けいさん》づくなはずなのに、胸の奥がずくんと疼《うず》いた。

甘く、切《せつ》ないような――ずっと、忘れていた痛みに両目を細める。

この男とは、もっと別の場所で会いたかった。そしたら……。

そしたら――？

そしたら、何があるというのか。

馬鹿《ばか》馬鹿しい。そんなことを考える自分に戸《と》惑《まど》い、苛立《いらだ》ちながらも、私は重《かさ》ねた手を放すことができなかった。

✝

あれから、数時間は経《た》っただろうか――。

村人は相変《あいか》わらず一か所に固まり、夜明けを……この悪夢が終わるのを健気《けなげ》に待ち続けている。

招かれざる異国の男は長椅子《ながいす》に腰かけ、銃の掃除をしていた。銃が直るのはありがたくなかったが、だからといって止めるのも妙だ。

そのうち、偵察《ていさつ》から戻ったヨハンと――残念ながらピンピンしていた――日本語で話し始めた。

少し離れた場所でその様子《ようす》を見守りながら、私は内心イライラした。聴覚《ちょうかく》には自信がある。距離は問題ない。だが、日本語で話されるとアウトだ。

何を話してるのよ……。

英語で話しなさいよ、英語で……！

気づくと苛立《いらだ》ちからか、親指の爪を噛《か》んでいた。いけない、いけない。慌《あわ》てて指を口元から離す。誰にも見られなかっただろうか？　こんなところでボロを出すのは馬鹿《ばか》のすることだ。

英語で強引《ごういん》に入っていく——という手もあるにはあるが、いささか唐突《とうとつ》な感じがするし、怪《あや》しまれる恐れもある。二人の表情からは特に重要なことを話しているふうにも見えない。それよりは、どうやって二人を処分するか考えた方が、まだ建設的だ。努《つと》めて思考を前向きにする。

屍番犬《ナベリウス》を召喚《しょうかん》し、襲《おそ》わせるか——。

しかし、それだと襲撃時《しゅうげきじ》、その場にいなかった自分が疑われることは必至《ひっし》だ。こんなことなら、さきほどヨハンが一人になった隙《すき》に、行動を起こしておくべきだった。時期を見ることに慎重《しんちょう》になりすぎたせいで、せっかくの好機《こうき》を逃《のが》してしまったことが悔《く》やまれる。

何か……何か、うまい方法はないものだろうか。

そんなことをぐるぐる考えていると、ヨハンがフジモトに何か手わたした。視界の隅《すみ》で、細長い物体が一瞬だけキラリと光った。

何？　アレは……何をわたしたの？　まさか、武器？

猜疑心《さいぎしん》から、再び、そわそわと落ち着かなくなる。

素直《すなお》に尋《たず》ねるべきか迷っていると、

「セニョリータ《お姉ちゃん》」

と小さな声で呼ばれた。

駆《か》け寄《よ》ってきたアニタが、両手で私の腰にしがみつき、

「トイレにいきたいの。でも、こわいから、ついてきて？」

すがるような顔を向けてきた。

一瞬、こんな時に……といまいましく思ったが、これはチャンスかもしれない。なにせ、アニタがトイレに入っている隙に屍番犬《ナベリウス》を召喚してここを襲わせ、二人の反応を見るか極《きわ》めて自然にこの場を離れられる。

――と一瞬のうちに策《さく》を練《ね》る。

私は少女に向け、とっておきのやさしい声と顔を作ると、

「もちろんいいわよ」

そう答えた。

「セニョリータだいすき!」

アニタがあっけないほど簡単に破顔《はがん》する。

子供特有の高い声に、フジモトが視線だけこちらに向けてきた。その手の中には、弾倉《だんそう》の掃除を終えた銃身が鈍《にぶ》く光っている。

「どうした?」

「トイレに行きたいけど、怖《こわ》いからついてきてって」

フジモトは気のない素振《そぶ》りでふうんとうなずくと、チラリとアニタを見た。アニタは露《ろ》骨《こつ》に怯《おび》えた様子で私の後ろに隠れた。


「……………あのひとたち、こわい」

廊下《ろうか》に出るとすぐに、少女がぽつりとつぶやいた。怖い?

「あのひとたちって、シローとヨハンのこと?」

いぶかしげに尋ねると、アニタが無言でこくりとうなずく。幼いながらも真剣な表情をしていた。

「はやく、どっかいっちゃえばいいのに」

「まあ……」

思わずため息がもれる。

おそらく、見慣れぬ東洋人や異様に肌の白いアーリア人に怯えているのだろうが、ずいぶんな言われようだ。

やれやれ。あの人たちこそ、アナタたちを助けてくれる本当のヒーローなのに。

まあ、どうせ、私が殺しちゃうけどね。

「そんなこと言っちゃダメよ、アニタ。とってもやさしい人たちなのよ？」

意地《いじ》の悪い笑《え》みを押し殺し、年長者らしく少女をたしなめると、

「……でも、からっぽなんだもん」

アニタは不満を露《あら》わにするでもなく、より怯えたふうにそう言った。

「空《から》っぽ？」

小さく眉《まゆ》をひそめる。幼い少女は日に焼けた顎《あご》を手前に引いて、こくりとうなずいた。

「あのメガネのひとのなかにはおっきなさばくがあるの。おおきな、おおきなカラカラのさばくが。あのせのたかいひとにはまっくろなつばさがあるの」

「………」

アニタはそれだけ言うとぶるりと身を震わせ、私の右腕にしがみついてきた。

大きな砂漠《さばく》と黒い翼――。

思わず、眉間《みけん》に深いしわが寄った。

嫌な感じだった。

子供というのはより動物に近いせいか、往々《おうおう》にして勘が鋭《するど》い。

だが、夜明けまでの時間は限られている。少女の抱《いだ》いた印象だけではなんともできない。

結局はそのまま聞き流すことにした。

✞

「きゃぁあああああああああ……っ!!!」

「アニタ!!」


用を済ませトイレから出て来たアニタは、私が屍番犬《ナベリウス》に襲《おそ》われているのを見ると、期待以上の大声を上げてくれた。

私は振《ふ》り下《お》ろされる巨大な腕を――むろん、芝居《しばい》だ――器用に避け、顔面蒼白《そうはく》のアニタを横抱きに抱《かか》えて廊下を走ると、主聖堂《しゅせいどう》に続く木製の扉を蹴《け》り飛《と》ばした。

息遣《いきづか》いも荒々《あらあら》しく聖堂内に転《ころ》がりこむ。

「シロー!!」

「伏《ふ》せろ!!」

私の悲鳴に吼《ほ》えるような声が応じる。

アニタを胸に抱え、その場に跪《ひざまず》く。間髪《かんはつ》を容《い》れず放たれた銃弾が屍番犬《ナベリウス》の顔のひとつに命中《めいちゅう》した。愛しい我が子の肉が裂《さ》け、血が吹き出る。私はともすれば歪《ゆが》みそうになる顔を必死に押さえた。

それにしても――。

あの距離で、正確に狙撃できるのか……あの男は。

間違《まちが》いなく竜騎士《ドラグーン》としても優秀だ。あの男を自分一人でどうこうするのは至難《しなん》のわざかもしれない。不安と苛立《いらだ》ちが頭をよぎる。

「グゴゴロロロロロロ……グモモオオオオ!!」

痛みに猛《たけ》った屍番犬《ナベリウス》が咆哮《ほうこう》する。

直後、私の身体《からだ》を飛び越え、フジモトに襲いかかった。それを見て、村人たちの間から悲鳴がもれる。

「いやあぁぁぁぁぁぁぁぁああああぁあぁ……っ!!」

だが、当《とう》のフジモトはまるで平然と構えている。自分に向けて伸ばされた腕をつかむと、軽々とその巨体を投げ飛ばした。

そして、間を置かずに屍番犬《ナベリウス》の胸部に連続して銃弾を撃ちこむ。屍番犬《ナベリウス》の巨体が弛緩《しかん》する。

その悲惨《ひさん》な光景に、私は思わず目を瞑《つむ》りかけ、慌《あわ》ててそれを止《や》めた。

もはや潮時《しおどき》だ。

誰にもわからぬように左腕にそっと触れ、屍番犬《ナベリウス》に、

『そのまま退《ひ》きなさい』

と指示を送る。

屍番犬《ナベリウス》は天に轟《とどろ》くような絶叫《ぜっきょう》を最後に、主聖堂の床を駆《か》け抜《ぬ》け、ステンドグラスを打ち破って外へと逃《のが》れた。

祭壇《さいだん》の上に降《ふ》り注《そそ》ぐ色とりどりの硝子《ガラス》に、人々が再び耳障《みみざわ》りな悲鳴を上げる。

そんななか、

「おやおや。せっかくの美しい芸術が台なしだ」

ヨハン一人が、場違いなほど呑気《のんき》なため息をもらした。

屍番犬《ナベリウス》を追うでもなく、戦いに参加するでもなく、この男は本当に何のためにここにいるのかと、呆《あき》れを通りこして脱力する思いだった。

「——怪我《けが》は？」

フジモトも屍番犬《ナベリウス》を追跡する気はないらしい。こちらを振り向き、短く問いかけてくる。

「平気よ」とやや荒れた呼吸で応じる。

「……大丈夫、アニタ？」

泣きじゃくるアニタを抱き起こした際に、床にほんのわずかだが血が垂《た》れていることに気づいた。屍番犬《ナベリウス》を呼び出した時に切《き》り裂《さ》いた傷口が、まだ凝血《ぎょうけつ》していなかったのだ。

しまった……そう思った時には、すでに遅かった。

フジモトもそこを見ている。その顔に胡乱《うろん》な表情が浮かぶ。

私はすぐさま取《と》り繕《つくろ》った。

「屍番犬《ナベリウス》の血を背中にちょっと浴《あ》びただけ。この子にはかかってないから、大丈夫よ。私も服の上からだったし。心配しないで、シロー」

かなり苦しい言《い》い訳《わけ》だったが、そこで天の助けか、アニタの母親が娘の名前を叫びなが

ら駆け寄ってきた。私の腕から自分の娘を引きはがすように奪《うば》い取《と》り、おいおいと泣きながら抱きしめる。

なによ。今まで何にもできずに腰を抜かしていたくせに。

白《しら》けた思いがわき上がる。

だがそこはおくびにも出さず、「大丈夫」「アニタはなんともないわ」「落ち着いて」と懸命《けんめい》になだめるふりをして、その場を乗り切る。

さらに都合の良いことに、極度のパニック状態に陥《おちい》った村人たちが、一斉《いっせい》に泣きわめき始めたため、主聖堂内は半《なか》ば蜂《はち》の巣《す》を突ついたようなありさまになった。

これでは、さすがのフジモトも細かいことに気を留《と》めているわけにもいかないだろう。

そんな満足感と共に皆をなだめていると、タバコで枯《か》れた低い声に呼ばれた。

「オイ。どこかにコイツらを集めて、岩塩《がんえん》で出入り口を塞《ふさ》ぐぞ」

その声は、たった今、悪魔と格闘《かくとう》したとは思えぬほど落ち着いていた。息ひとつ上がっていない。小憎《こにく》らしいほどに淡々《たんたん》としている。

「岩塩は？　あるか？」

「ええ、たぶん……あると思う。待ってて、今、司祭様《しさい》に聞いてみるわ」

そう答え、村人たちをなだめ、励ましている司祭へ岩塩の有無《うむ》を尋《たず》ねる。

尋ねながら、そっとフジモトの横顔を盗み見る。

かすかに眉《まゆ》をひそめ宙を見すえるその顔は、何を考えているのかまるでわからなかった。

自然と利《き》き手《て》が左腕に伸びる。修道服《しゅうどうふく》の上から、二の腕をぎゅっと握《にぎ》りしめた。

もはや一刻の猶予《ゆうよ》もならない。

一分一秒でも早く、この男を殺さなければ……この男は危険だ。

そんな私の気も知らず、フジモトが「あったか？」とこちらに歩み寄ってくる。私はごく自然な様子《ようす》でそれに応じる。

「ええ」

「他にコイツらを入れられるような場所はあるか？」

「だったら、小聖堂《しょうせいどう》がいいわ。ここから近いから」

どうやって殺す？　この隙《すき》のない男を。

焦燥《しょうそう》と苛立《いらだ》ちの炎が胸の奥に広がっていく。

もう一方の男はといえば、この騒がしさもどこ吹く風——一人離れた場所から皆の様子

を愉《たの》しげに見つめていた。

✝

「……ちょっとイイか？」

小聖堂《しょうせいどう》に拠点《きょてん》を移し、人々が落ち着いたのを見計《みはか》らうようにフジモトが声をかけてきた。

「何？　シロー」

物憂《ものう》げな顔で応じると、フジモトは立てた親指を反《そ》らし、出入り口の扉を示した。外で話す、ということだろう。

いきなりのチャンス到来《とうらい》だ。だが、この男の実力を知った後では、喜んでばかりはいられない。

内心の緊張を隠し素早《すばや》くうなずく。

少しここを離れると司祭《しさい》に申し出ると、

「しかし……もし、またあの悪魔が襲《おそ》ってきたら」

案《あん》の定《じょう》、司祭はいい顔をしなかった。村人たちの反応も同様だ。もっとも、彼らがしているのは自分たちの身の心配だけだ。私やいきなり現れた男のことなど、これっぽっちも案じていない。

その露骨《ろこつ》さにうんざりする。

これだから、生きている人間は嫌いだ。浅ましくて、ずる賢《がしこ》くて、弱者であることを振りかざすだけで、自分たちでは何もしようとしない。守られるのが当たり前だと思っている。

「すぐに戻ってくるわ。ヨハンはここへ残していくし」

「ですが……」

いっそ、面倒《めんどう》なことをぬかすな、と怒鳴《どな》れたらどんなに楽か。しかし、そこは善良なシスターの姿勢を崩《くず》さず、言葉を尽《つ》くして真摯《しんし》に説得する。

「ね？　わかって。後手《ごて》にまわるばかりじゃなく、この状況をどうにかする打《だ》開策《かいさく》が必要なの。私はなんとしてもアナタたちを助けたいのよ……」

青ざめた顔の司祭は、首から下げた鍵《かぎ》を握《にぎ》りしめながら、南米訛《なんべいなま》りのきついスペイン語で、わかりました、とうなずいた。

「くれぐれも気をつけて。なるべく、早く戻ってきてください」

「ええ。もちろんよ」

ほっとして微笑《ほほえ》む。正直、これ以上ごねられたら危なかった。

足取りも軽《かろ》やかにフジモトのもとへ駆け寄る。

「大丈夫よ。行きましょう、シロー」

連れ立って部屋から出ようとすると、ここで新《あら》たな妨害に遭《あ》った。

母親の胸の中から抜けだしてきたアニタが両腕を横に上げて、通せんぼのポーズをとったのだ。フジモトが怖《こわ》いのか少女は震えていた。

「あぶないよ……セニョリータ《お姉ちゃん》……」

「アニタ……」

「いっちゃイヤ……」

涙ぐむ少女に、なんて邪魔《じゃま》な子だろう、とうんざりした。

でも、そうやって懐《なつ》かせたのは他でもない自分自身だ。自業自得《じごうじとく》と言われればそれまで、困ったような声でたしなめる。

「大丈夫よ。アニタ。だって、この人は神父様なのよ？　それに、とても強いの」

「つよいからダメなの……セニョリータ、ころされちゃうよ？」

少女の真摯な声に、思わずドキッとする。

何を言いだすのか、という思いと、あながち的外《まとはず》れでもない台詞《せりふ》に鼓動《こどう》が早まる。改めて、フジモトがスペイン語を話せないことを神に感謝した。

「どうして、私が殺されるの？　この人は祓魔師《エクソシスト》で、殺すのは悪魔だけよ？」

「でも……」

　アニタはまだ納得していないようだ。これ以上の会話はまずい。

　アニタの頭を、聞きわけのない子だ、というようにポンポンとやさしく叩《たた》き、目配《めくば》せでフジモトを促《うなが》す。岩塩《がんえん》のラインを踏《ふ》まぬよう気をつけて外へ出ると、ぐずぐず鼻を鳴らすアニタの目の前で扉を閉めた。

「あんなに必死に、なんて言ってたんだ？」

　薄暗い廊下《ろうか》を歩きながら、フジモトがつぶやく。再びドキリとしたが、努《つと》めてなんでもないというように答える。

「ええ……別に。怖いから一緒にいてって」

「ずいぶん、懐かれてんだな」

「そうね。年上の同性に憧れる年頃なのよ。きっと。私もあのくらいの年の頃は、姉の後ばかり追いかけていたわ」

　いくぶん含みのあるフジモトの口調に、微笑んで返す。唇《くちびる》の端《はし》や頬《ほお》、目元が引《ひ》き攣《つ》っていないか不安だったが、フジモトはそれ以上、何も言わなかった。

　互いに無言のまま歩き続ける。主聖堂《しゅせいどう》に入ったところで、先を行くフジモトがひたと足

を止めた。こちらを振り向くでもなく、なあ、と言う。

それが、どういうわけかひどく大きな声に聞こえ、びくりとしそうになる肩を無理やり押しとどめた。

「お前の車に予備のタイヤはいくつ積んである？」

「え？　ここら辺は道が悪いから、常に二個は積んでいるけど……」

答えながら、この男はいったい何を言い出すのかとハラハラした。喉《のど》の辺《あた》りが変にざらついている。

「さっき、ヨハンの野郎《やろう》が偵察《ていさつ》してきたんだが、街中《まちじゅう》の車が使い物にならなくなってやがったらしい。もちろん、お前のもな」

「………ひどい」

どうにかそれだけ口にした。

フジモトの薄い唇が再び動く。

「だが、マリア。お前の車は幸運にも、前輪後輪のそれぞれひとつが引き裂かれているだけだそうだ」

内心、舌打ちしたい思いでいっぱいになる。

あの弱そうなヨハンがそこまでじっくりと観察してくるとは思いもしなかった。せいぜい、屍《グール》に見つからぬよう、教会のまわりをうろうろする程度だと思っていたのに。

「——じゃあ、朝になったらそれで助けを呼びにいけるってことね。よかった！　皆、喜ぶわ!!」

「…………」

精一杯、明るい口調で、喜んだ演技をする。「ね？」と同意を求めたが、フジモトは冷《ひ》ややかにこちらを見ているだけだった。

その後、何も言わず、主聖堂の長椅子《ながいす》の間を歩きだした。ブーツの底が聖堂の床に当たって硬質《こうしつ》な音を立てる。

小走りに後を追いながら、その背中を無言でねめつける。胸元《むなもと》を生暖《なまあたた》かい汗が伝《つた》った。


今なら殺せるだろうか？


——否《いな》、ムリだ。

あの動き。あの腕——。不意《ふい》を突いたくらいじゃ、とても敵《かな》わない。人質でもいなければ……。こんなことなら、いっそ、アニタを連れてくればよかった……。

様々な考えがせわしなく頭を過《よぎ》る。

フジモトは祭壇《さいだん》の左脇に作られたカタコンベに続く石段の前で止まると、ようやくこちらを振り返った。

鷹《たか》の目だ――。ぞっとするほどに鋭《するど》い鷹の目が、分厚《ぶあつ》いレンズ越しに私を射抜《いぬ》く。

「見せたいモンがあんだ。ついてきてくれ」

「見せたいもの……って、でも、そこは――――」

戸惑《とまど》う私を尻目《しりめ》に、フジモトは木柵《もくさく》に張られたロープを悠々《ゆうゆう》と跨《また》いで、石段を降りた。

その行動にぎょっとする。

「シロー! ダメよ! そこは修繕《しゆうぜん》途中だって、司祭様が……!!」

「問題ねーよ」

声高《こわだか》に諫《いさ》める私を軽くいなし、フジモトは石段の途中にあった手燭《てしよく》を持ち、ロウソクに火を点《つ》けた。周囲がぼぉっと明るくなる。私がさっき貸したライターだ。フジモトはどんどん降りていく。思いとどまる様子《ようす》はない。

くっ……。

いまいましさに舌打ちするも、どうしようもない。私もロープをまたいで彼に続いた。

先に石段を降りきったフジモトは、四畳半《よじようはん》ほどの何もない空間の奥で、赤銅色《しやくどういろ》の両開きの扉に触れていた。厳重《げんじゆう》に施錠《せじよう》されているから、ピクリとも動かないはずだ。

その姿に安堵《あんど》する。

この中にあるものを見られたら、少々厄介《やっかい》だ。まあ、もとからこの日本人《にほんじん》に読めるわけもないのだが。

石段を降りきり、ほらごらんなさい、というふうにため息を吐《つ》いてみせる。

「誰かが誤《あやま》って入って怪我《けが》をしないように、鍵は司祭様が持っているはずよ。——さあ、もう戻りましょう」

そう言って團服《だんぷく》の肘《ひじ》を引く。なだめるように、少しばかり媚《こ》びた声で男を促《うなが》した。

「ね？　シロー。皆が心配するわ？」

だが、フジモトはうなずかなかった。團服のポケットから取り出した鍵を、鍵穴にすっと差しこむ。

金色の鍵がまわる。カチャッと小さな音を立てて錠《じょう》が外《はず》れた。

「…………」

私は今度こそ言葉を失ってその場に立《た》ち尽《つ》くした。

小聖堂から出る際に、司祭の首から下がった鍵を確かに見たはずだ。なのに、どうして……？

まさか、盗んだ？　でも、いったい、いつ？

頭の中が疑問符《ぎもんふ》であふれる。

「どういうこと？　その鍵は、いつ？」

「盗んじゃいねーよ」

知らず非難《ひなん》するような言い方になっていたのだろう。フジモトが手の中で小ぶりな鍵を軽く弾《はず》ませる。

「こいつは『有限の鍵《ゆうげんのかぎ》』――。此《こ》の世《よ》のすべての扉を開《あ》けられる鍵だ。ただし、一度だけな」

「……どうして……」

『無限の鍵《むげんのかぎ》』とは比ぶべくもないが、ヴァチカンの幹部《かんぶ》でもなければ持てない高位《こうい》の鍵だ。

薄暗い闇《やみ》の中に唯一灯《とも》ったロウソクの炎が、ゆらゆらとこの異国から来た男を照らす。

「さっき、クソ上司にもらってな」

さっき――という言葉に、主聖堂での光景が思い出された。ヨハンからフジモトに手わたされた何か光る物――。

あれか……。

思わず顔が強張《こわば》る。

「……でも、ヨハンはアナタの後輩じゃ……？」

フジモトの答えはなかった。赤銅色の扉を片方だけ開けると、すぐ脇に手燭を置く。

淡《あわ》い朱色《しゆいろ》が闇に溶《と》けたような、仄暗《ほのぐら》い光が薄暗い室内を照らした——。

石畳《いしだたみ》の敷かれたカビ臭《くさ》いカタコンベは、むろん修繕など施《ほどこ》してはいない。あのロープは異教徒から中にあるものを隠すために張られた代物《しろもの》だ。

「ふーん」

フジモトは奥の祭壇《さいだん》に飾られた人間の女とも鳥ともつかぬ粘土製のオブジェを眺《なが》め、壁一面に刻《きざ》まれた祈禱文《きとうぶん》に視線を這《は》わせている。

私は心臓の上で、階級証ごとぎゅっと左手を握りしめた。

読めるはずはない。だが、これを見て、ここがまともな教会だと思ってくれるほど、甘い男でもない。

首筋を伝う汗が、胸の間を通り腹部へと滑《すべ》り落《お》ちていく。その冷たさにごくりと生唾《なまつば》を飲みこむ。喉がカラカラだった。

やっぱりな、とフジモトがつぶやく。

「司祭や老人どもが小聖堂に移るのを嫌《いや》がったのは、主聖堂自体《じたい》じゃなく、ここが心配だったからか」

「…………」

核心を突いた指摘《してき》に、内心、臍《ほぞ》を噛《か》む。

数時間前、壊された主聖堂を出るにあたって、司祭や老人たちは難色《なんしょく》を示した。そのまま留《とど》まることが危険なのはわかっていながら、自分たちにとって最も大切な祈りの場から離れることを嫌がったのだ。

だが、それがこの男にヒントを与えてしまったのかと思うと、信仰《しんこう》からくる彼らの言動《げんどう》さえいまいましかった。

「………どういうこと?」

答えをすでに知りながら、不思議そうに尋《たず》ねることの馬鹿《ばか》馬鹿しさを心のどこかに感じながら、それでもなお、何も知らない無垢《むく》な女を演じ続ける。

「この村の信仰《しんこう》には、裏があるってことだよ」

フジモトが冷たい視線だけをこちらへ向ける。

「おそらく、代々、強い土着《どちゃく》信仰を受け継いできた手合《てあい》だ。だから、屍《グール》にも主《しゅ》の祈りが効《き》かなかったんだろう。奴らを導く祈りはソイツだ」

壁一面に刻まれた祈禱文を指さすフジモトに、私は舌打ちしたい気持ちを懸命《けんめい》に抑《おさ》えた。

まさか、ここまで勘《かん》がいいとは……。

唇の端にだけ、皮肉《ひにく》な笑《え》みを浮かべる。

――すべては、この男の言う通りだ。

この村は、十六世紀にスペインによって侵略された際、おとなしく改宗《かいしゅう》したように見せかけ、実は地下で脈々と独自の信仰を守り続けてきた。むろん、彼らの祖先が使っていた言葉で。故《ゆえ》に、その独特の祈りは、今ではほとんど知る者がいない。

任務の一環でたまたま立ち寄ったにすぎない村。このことを知ったのも偶然だ。だが、使えると思った。

誰も知らない隠れた信仰を持つ、辺境《へんきょう》のコロニー。

頭の固いヴァチカンの馬鹿《ばか》どもに邪魔されない私だけの研究所を作ること――それが、この地でならば可能だと思った。

もっとも、それだけがこの村を選んだ理由ではない。

ここから見える景色や、気候、村の規模や、人々の生活などが、私が生まれた村と酷似《こくじ》していた。

父がいて、母がいて、姉や妹と毎日のように遊んだ。まだ幸せだった頃の故郷に――。

悪魔に穢《けが》された死体だと、私の目の前で家族の遺体を灰にした奴らが今も暮らす忌《い》まわ

しい村ではなく、ここに死者のための研究所を作り、この地を屍《グール》で埋め尽くしたい。そう熱望した。そうすれば、ようやく自分が一人ではないと感じられるような気がした。新たな家族ができるのだと思うと、とてもうれしかった。涙が出るほど幸福だった。


この男さえ……この男さえ、ここに現れなければ……。

私の悲願が叶《かな》ったのに。


「そう……そうだったの」

いつまでも己《おのれ》の不運を嘆《なげ》いたところでしかたない。私は無理にはしゃいだ声と表情を作った。

「スゴイわ、シロー!! これで外の屍《グール》をどうにかできるわね!?」

私の満面《まんめん》の笑顔を受け、フジモトが薄く嗤《わら》った。蔑《さげす》むような嗤い方だった。

「——もう、そんな猿芝居《さるしばい》をする必要はねえぜ」

ぞっとするほど冷たい声。

そして、私の鼻先にすっと銃を向ける。暗闇に鈍《にぶ》く光る銃口に、干《ひ》からびた喉の奥が低く鳴った。

ワンテンポ遅れて尋《たず》ねる。

「…………なんの冗談かしら？　シロー」

おもむろに眉《まゆ》をひそめ、戸惑いと苛立《いらだ》ちを声にこめる。そんな私のお芝居をフジモトが冷笑《れいしょう》した。

「てめえで襲撃《しゅうげき》させといて、てめえで守るか。なあ、途中で虚《むな》しくならなかったか？」

「なんの話？　ねえ、シロー。アナタがどういう勘違いをしているかわからないけれど、私は——」

私の言葉が終わらぬうちに暗闇の中から腕が伸びてきた。乱暴に手首をつかみ上げられる。骨が軋《きし》む痛みとともに、二の腕が露《あら》わになった。

「さっきの血はここから垂《た》れたのか」

フジモトが乾いた声でささやく。

「俺の知り合いにも、屍番犬《ナベリウス》を召喚《しょうかん》する野郎《やろう》がいてな」

鋭い視線が私の肘から下——何重にも巻かれた包帯へと移る。肉欲も下心も何ひとつ感じさせない冷徹《れいてつ》な視線に、こんな場合だというのにゾクゾクした。

ああ……これがこの男の本性《ほんしょう》なのだ。

女好き？　軽薄？　とんでもない。

この男は何も愛せない人間だ。

「この下に魔法円《まほうえん》が描いてあんだろ？　あの臭《くせ》え香水は、血や硫黄《いおう》の臭《にお》いを消すためか」

「ご挨拶《あいさつ》ね……これでも男性に人気の香水なのよ？」

「あいにくだが、俺の趣味じゃねえな」

「お気に召さなかったのね。残念だわ」

苦《にが》く笑ってみせると、フジモトが指に力をこめた。かなり強い力だった。手首の骨がギシッと音を立てた気がして、ぐっと眉を寄せる。

「あれはてめえの屍番犬《ナベリウス》だな」

「………」

返答を必要としていない問いかけ。私も答えの代わりに、その手を乱暴に払《はら》いのける。これ以上、隠したところでむだだ。

ふうっと息を吐《は》き出《だ》す。

この男は私が思っていた以上に優秀で、聡《さと》かった。それだけの話だ。

「いいわ。シロー。そこまで嗅《か》ぎつけた御褒美《ごほうび》に見せてあげる。アナタの推測はひとつだけ間違《まちが》ってる。描いたんじゃない。彫《ほ》ったのよ」

包帯を解《と》いてみせると、手首から肘にかけてびっしり刻まれた赤い文身《いれずみ》が露わになった。

私が自分の身体《からだ》で一番好きな箇《か》所《しょ》だ。針で皮膚を傷つけながら彫った魔法円は、死者と私をこんなにも深く、結びつけてくれる。

いわば愛の証《あかし》だ。

闇間《やみま》にもフジモトの両目が険《けわ》しくなるのがわかった。

「……救えねえ、馬鹿女だな」

「あら？　どこが？　私に言わせたら、ペイントの方がずっと馬鹿よ。屍番犬《ナベリウス》に対する愛がないにもほどがあるわ」

文身の一部を指先で愛《いと》しげになぞる私に、フジモトは鬱陶《うっとう》しげに眉をひそめた。

「あの屍番犬《ナベリウス》はねえ、私が作ったのよ？　初めてだったから、あまりうまくできなかったけど、可愛《かわい》いでしょう？」

甘えた声で同意を求める。返事はない。

その目はどこまでも私の言葉を、行為を、拒絶していた。

どうやら、この男も私の穢《けが》れない愛情をわかってはくれないらしい。

やはりこの男も他のくだらない人間と同じなのだ。そう思った途端《とたん》、なまぬるい失望が胸を覆《おお》った。それは意外なほどの深さで、私の心の一部をえぐりとっていった。

それに、今さらながら実感する。

私はこの男に魅《ひ》かれていたのだ。

この——此《こ》の世のすべてに倦《う》み飽《あ》きたかのごとく乾いた目をした男に。

「この村に来た目的も、それか」

「ええ。もっとたくさんの屍番犬《ナベリウス》が作りたいの。そのためにどうしてもこの村を手に入れたいのよ。誰にも祓《はら》えない屍《グール》を生む村——ここに研究所《ラボ》を作るの」

気を取り直して、私は穏《おだ》やかな笑顔を作る。

この村を選んだ本当の理由は口にしなかった。

私の想《おも》いをわかってくれない男に、話す気にはなれなかった。

「ここを屍《グール》の村にして、いつでも好きなだけ素材を使えるようにすれば、きっとスゴイ屍番犬《ナベリウス》がいっぱいできるわ。それこそ、冥府《めいふ》の番犬みたいな怪物《モンスター》もね」

あえて饒舌《じようぜつ》に語る。

「——上の奴らも殺す気か」

対するフジモトの返答は短かった。だが、この男がすべてを理解していることは明らかだった。

本当に頭の良い男だ。

イライラするほどに。

私は波立つ心とは裏腹《うらはら》に、ことさらにっこりと微笑んでみせた。

「ええ。その後で、ここを埋《う》めるの。そうしたら、もう誰にも祈りの言葉はわからないわ。私はその屍肉《しにく》を繋《つな》ぎ合《あ》わせて、可愛い屍番犬《ナベリウス》をいっぱい作るの」

「そんで、お前はさしずめ、死体の国の女王様ってとこか」

「そうよ。ステキでしょう?」

「世界じゅうで一番くだらねえ夢だな」

心底《しんそこ》、侮蔑《ぶべつ》に満ちたその返答に、私は自分の微笑が頰に張りつくのを感じた。

一転して硬《かた》い声で尋ねる。

「――いつ、私を疑ったわけ?」

「あいにくだが、最初からだ」

「?」

私が眉をひそめるのを見て、フジモトが唇の端を歪《ゆが》めた。芝居を打ってたのはお前だけじゃねえんだよ、と冷《ひ》ややかな声が言う。

「俺の目的は端《はな》からお前だ」

「私……?」

「最初に会った時に、聞いたじゃねえか。『どっかで会ったか?』って」

確かにそう言っていた。

どうせ、安っぽい口説《くど》き文句《もんく》だろうとばかり思っていたが、まさか本当に面識があったのだろうか？　目の前のフジモトの顔を凝視《ぎょうし》する。

……………やはり覚えがなかった。

もともと、生きている人間になど興味がない。同じ支部の團員《だんいん》でさえよく覚えていないのだから、例《たと》えば、支部内や現場ですれ違った、もしくは軽く挨拶した程度の男を記憶しているはずがない。つまり、思い出そうとするだけむだだ。

「私の方に覚えはないわ。アナタの勘違いじゃなくて？」

そう答えると、フジモトはくくくと喉の奥で嗤った。

「そうだな。確かに、会話は交《か》わしちゃいねえ。だが、俺の方では、半月ぐれえ前に南米の支部のある場所でお前に目星をつけてんだよ」

「ある場所……？」

「死体安置所だ」

眼鏡《めがね》の奥の両目が、私を見すえる。

「悪魔との戦いで死んだ仲間の死体を前にしてお前、自分がどんな面《つら》してたか、知ってるか？」

「…………」

「うつむいて、悲しみに浸《ひた》るふりして、魅入《みい》られたようにうっとりと死体を眺めていやがったんだよ」

氷のような声が暗いカタコンベに響きわたる。

私は片方の頬だけを皮肉げに歪めた。

「それだけで、私をつけまわしたの？　ずいぶん情熱的ね」

「一応、日本支部のクソ上司に連絡して、調べてもらった。マリア・ラモーテ。南米の小国生まれ。幼い頃に両親、姉、妹を悪魔に殺され、スペインの親戚《しんせき》の家に預けられた後、たびたび自殺未遂を起こし、教会に預けられる。洗礼名はモニカ。対・悪魔思想の強い教会で祓魔《ふつま》の手ほどきを受ける」

その後に続く、自分自身についての報告を、私は他人事《ひとごと》のように聞いていた。

――十四になったばかりの夏。

血のにじむような鍛錬《たんれん》の末、祓魔師《エクソシスト》になった。

幼い頃から病弱で本ばかり読んでいた内向的で臆病《おくびょう》な少女が、突然歴戦《れきせん》の戦士になれる

わけがない。それこそ並大抵《なみたいてい》の努力ではおっつかなかった。

身体は常に生傷《なまきず》だらけ。友人も作らず、恋愛もせず、年頃の少女が心を奪われるいっさいを遮断《しゃだん》し、入団後は故郷の支部に配属願いを出した。

くる日もくる日も悪魔を殺した。

自分のような不幸な子供を作りたくない。人間の安寧《あんねい》な生活を脅《おびや》かす悪魔を一匹でも多く滅《めっ》したい……すべては、その一心からだった。

そんなある日、書庫で古い事件を洗い直していた私は、ひとつのファイルを目にした。

私の家族が殺された事件の報告書だった。

そして、それは——たった一か所においてのみ——私が知らされてきた事実と反していた。

確かに私から家族を奪ったのは悪魔だ。だが、その悪魔を呼び出したのは、私の父親がやっていた酒場《バル》の客だった。

いろいろと問題のある拝《おが》み屋《や》崩《くず》れの男で、他の客ともめ事を起こした際に父に仲裁《ちゅうさい》に入られたことを恨《うら》みに思っての犯行だった。

それを読み終えた時の気持ちを、私はいまだに思い出せない。

ただ自分の中から、ぽっかりと何かが抜け落ちてしまった気がした。

血まみれの私を抱きしめてくれた隣の家の小父《おじ》さんも、後から駆けつけた祓魔師《エクソシスト》も、その後、引き取ってくれたスペインの親戚も、修道院《しゅうどういん》のシスターも、騎士團《きしだん》の上司も——誰一人教えてはくれなかった。すべては悪魔のせいだと言い聞かせられてきた。

あるいは、それが温情《おんじょう》だとでも思ったのだろうか？

より陰惨《いんさん》な事実を伏せることで、哀《あわ》れな少女の心を守ったつもりだったのだろうか？

ならばそれを信じ、人のために悪魔を殺してきた私の半生《はんせい》は、いったいなんだったのか——。

私は朦朧《もうろう》とした頭でその拝み屋崩れの男を探し出し、殺した。

満足感もなければ、家族の復讐《ふくしゅう》を遂《と》げたという達成感もなかった。一度では足《た》りず、二度、三度と殺してやりたいと思ったわけでもない。

ひどく空虚《くうきょ》だった。空《から》っぽだった。私の中にはもう何も残っていなかった。

ただ、その男の死体を見ているうちに、不思議な感覚に囚《とら》われた。

私は物言わぬ死体になったその男をもう憎んではいなかった。それどころか、一種の懐かしさすら覚えていた。

その晩は、仇《かたき》であるはずの男の死体に寄《よ》り添《そ》って眠った。

冷たく硬い肌。むせ返るような血の臭い。

涙が、とめどなくこぼれてきた。

大好きな家族の死体に囲まれて過ごしたあの夜に戻ったようだと思った。


それからは、ひたすら死体を――……死者だけを愛した。

死者を永遠にその状態に留《とど》めおく屍《グール》。それを芸術の域《いき》にまで高めた屍番犬《ナベリウス》。

彼らは私の心をどこまでも清らかな愛で満たし、癒《いや》してくれた。


「並外《なみはず》れた才能を認められながら、なんで手騎士《テイマー》の称号《マイスター》を取らなかった？」

「………」

「人手不足はなはだしい現場で、なんだかんだと理由をつけちゃ、頻繁《ひんぱん》に休暇《バカンス》を取る理由はなんだ？　しかも、行き先は皆、同じ村だ」

なんとも意地《いじ》の悪い聞き方をする男だ。私はそっと両目を細める。

結局、騙《だま》しているつもりが、最初から騙されていたということか。あまりの滑稽《こっけい》さに自分で自分が愛《いと》おしくすら思えた。

　なにが『運は自分にある』だ。運など、どこにもなかった。それどころか、気づいた時にはこの男の手の中で踊らされていたのだ。屈辱《くつじょく》もここまでくると、いっそ清々《すがすが》しい。

「だいたい、高濃度の聖水《せいすい》で囲われている敷地内に停《と》めてあるお前の車のタイヤまで、なんで引き裂かれているんだ？　それだけじゃねえ――」

「――なぜ私だけが助かったと思う？」

　フジモトの言葉を遮《さえぎ》り、穏やかな声で尋ねる。

「あの日、私は姉と妹と隠《かく》れんぼをしてたの。居間にある大きな置き時計の中に隠れていた私は、幸運にも悪魔に見つからなかった。オオカミと七匹の子ヤギみたいでしょう？」

「………」

「私はそこで家族が殺されていくのをずっと見てたの。声を殺して。だって、悲鳴を上げたら、自分も殺されちゃうから」

　フジモトの茶色い瞳がわずかに左右に揺《ゆ》れた。

　私は少しだけ笑う。

「悪魔が出ていってからも、怖くて助けを呼べなかった。悪魔が戻ってくるかもしれないと思ったから。怖くて、怖くて怖くて怖くて……しかたなかった」

　七匹目の子ヤギは、賢《かしこ》いお母さんヤギが帰ってきて、寝ているオオカミのお腹《なか》の中から

他の兄弟を助け出してもらえたけど、私にはそんな救いも望みもなかった。

だって、お母さんは私の目の前で白目を剝《む》いて死んでいたから。

「隣の家の小父さんが見つけてくれるまで、丸二日間、家族の死体と一緒に過ごしたわ。すごい臭いだった」

笑顔のまま話しつづける私に、フジモトは何も言わなかった。それでよかった。端《はな》から同情の言葉など期待してはいない。今さら、この男のあるかないかもわからない憐憫《れんびん》の情に訴えようとも思ってはいない。籠絡《ろうらく》など、とうに諦《あきら》めた。

ただ、親戚の家でもその後に預けられた教会でも、騎士團の中ですら言えなかったことを、この際、話してしまいたかった。告解《こっかい》なんてたいそうなものではない。ここまで自分を追い詰めたこの男に対する、私なりの賞賛《しょうさん》だ。

ただ、たまたま、この男が神父《しんぷ》だっただけのこと――。

私が口を閉じると、辺りがしんとした。

両手で耳を覆った時のように、痛いほど静かだった。死体の中で過ごした二度の夜を思い出す。

ひどく耳障《みみざわ》りなその沈黙をどうにかしたくて、私は話題を今へ戻した。

「私が行動に出るのを待って、偶然を装《よそお》って接触したのね」

「……ああ」

「動かなければ、ずっと見張《みは》ってるつもりだったの？」

「ああ」

「ご苦労なことね」

笑顔のまま当てこする。

「——そうでもねえさ」

と応じたフジモトだったが間を置かず、もっとも、と続けた。

「暇を持てあました上司が、観光気分でついてきやがったのだけは、うんざりだったがな」

「上司まで来てたの……？」

つまり、その上司とやらがヨハンに鍵を渡し、それがフジモトにまわったというわけか。

「脱帽《だつぼう》だわ……まったく気づかなかった」

ため息混《ま》じりにそう言うと、フジモトが眉をひそめた。真偽《しんぎ》をはかるような顔で私を見つめる。

「何、言ってんだ。ずっと横にいたじゃねえか」

「……え？」

「ヨハンだよ」

私の反応から本当にわかっていないと判断したのだろう。フジモトが、おっくうそうにつけ足《た》す。

「ヨハン・ファウスト五世——誰の表向きの名前かぐれえは、さすがにわかんだろ?」

「日本支部長……メフィスト・フェレス……」

思わず声がうわずる。

そして、自《みずか》ら発したその名前に、狼狽《ろうばい》する。

正十字騎士團《せいじゆうじきしだん》日本支部長にして名誉騎士《キヤンサー》。その実は、虚無界《ゲヘナ》を捨てた悪魔——フェレス卿《きよう》の悪名《あくみよう》は、いくら世事《せじ》に疎《うと》い私の耳とはいえ、届いている。

「まさ……か……」

あのひ弱そうな男が……。

困惑する私の耳元《みみもと》で、アニタの言葉がふと蘇《よみがえ》った。

——まっくろなつばさがあるの。

「!!」

想像した途端《とたん》、背筋《せすじ》が凍《こお》りついた。両腕がぞわっと総毛立《そうけだ》っているのがわかる。感受性の強い少女の戯言《ざれごと》だと思っていたが、とんだ真理《しんり》を言い当てたものだ。

それにしても――。

「下二級だなんて……よくもぬけぬけと言えたもんね……」

「アイツの名前の由来に『嘘吐《うそつ》き』ってヘブライ語があるぐれえだからな」

私の皮肉をフジモトはさらりと流した。

その細い双眸《そうぼう》を真《ま》っ直《す》ぐにねめつける。

「――私をどうする気？」

「まず、外の屍《グール》を詠唱《えいしょう》で祓《はら》ってもらう。一匹残らずな」

想像通りの返事だった。

だから、さきほどは単なる威嚇《いかく》のみで済ませたのだろう。

「おあいにくさま」

思いきり小馬鹿《こばか》にした調子で鼻を鳴らしてやる。目の前の男の鉄仮面は相変《あいか》わらずだが、驚くほど胸がすかっとした。

「アナタも知ってるでしょう？　私の生まれはこの村じゃない。それに、七歳から十五歳まではスペインにいたのよ？　そこの言葉は読めないわ」

「なら、ここで死ね」

フジモトの利き手《きて》に力がこもる。

私はさすがに笑《え》みを消し、自分に向けられる銃口《じゅうこう》を見すえた。

あと一歩、夢を叶《かな》えるまで、あと一歩というところで死ぬのか——そう思った瞬間——

上の主聖堂から「セニョリータ、セニョリータ！」という声が聞こえた。

アニタだ……！

「っ!?」

フジモトの注意が一瞬だけ私から逸《そ》れる。

信じられない好機《こうき》を前に、私は飛びつくようにしてロウソクの火を吹き消し、一気に石段を駆け上がった。

視覚さえ潰《つぶ》せば、どれほどの凄腕《すごうで》でも命中率はぐんと下がる。一方の私は前《まえ》もって鍵を失敬《しっけい》し、ここへ忍びこんでいる。だいたいの位置関係ぐらいは把握《はあく》済みだ。

「クソ!!　あの馬鹿！　なんで、ガキを外に!!」

背後《はいご》から、フジモトの舌打ちが聞こえる。冷静沈着な男らしくない、焦《じ》れた声だった。

それが、こんな時だというのにひどく小気味《こきみ》よい。

「来んじゃねえ！　小聖堂へ戻れ!!」

馬鹿ね。アニタに英語なんかわかるわけないじゃない。

思わず口元がゆるむ。私は笑いながら出口を目指《めざ》した。視界に光が差しこむ。——だが、

あと数段のところで、

「っ……ぁ!!」

耳をつんざくような音とともに、右の踝《くるぶし》のあたりに強烈な痛みが走った。

一瞬、息が止まった。

あまりの激痛にそのまま前方に倒れこみそうになる。だが、私は歯を食いしばってそれを堪《こら》えた。半《なか》ば無理やり脚《あし》を動かし、残りの石段を上る。

フジモトの放った銃弾は、肉を大きく抉《えぐ》っていた。骨こそ砕けていないが、かなりの深《ふか》手《で》だ。

だが、天はまだ自分を見離していない。

その証拠に、息も荒く階段を上りきると、目と鼻のところにアニタの小さな姿があった。

おそらく母親を振りきって来たのだろう。肩で息をしている。

私と目が合うと、その顔がほっとしたようにゆるんだ。

「セニョリータ! よかった……」

私も微笑む。

本当ね。アニタ。本当によかったわ。

おバカさんな、アナタが来てくれて。

心からの安堵の笑顔を浮かべ、私は己の窮地《きゅうち》を救ってくれた幼子《おさなご》に駆け寄る。そして、その細い首筋に腕を絡《から》めた。

よく日に焼けたこめかみに、胸元《むなもと》からむしり取った階級証の尖端《せんたん》を突きつけ、耳元で鋭《するど》く告げる。

「動かないで」

「!?」

みるみるアニタの笑顔が凍りついた。私は笑顔のままそれを見守る。

「セ……ニョ……リータ？　ど、うし……て？」

「…………」

少女の震える声には答えず、カタコンベの入口を凝視《ぎょうし》する。

一足《ひとあし》遅れて、フジモトの姿が現れる。私がアニタを人質《ひとじち》に取っているのを確認するやいなや、ためらわず引き金を引いた――その瞬間、

「……クソ！」

低く舌打ちした。

眉間《みけん》に深いしわの寄った忌々しげな表情に、理解する。

弾詰《たまづ》まりだ。

私は哄笑《こうしょう》したい気持ちを懸命に抑えた。

「あらあら、またジャムったの？　銃は女みたいにやさしく扱わなきゃダメよ」

今までの腹いせに、せいぜい厭味《いやみ》ったらしく言ってやる。

「形勢逆転ね。シロー」

こうなればもう、アニタに用はない。動くのに邪魔なだけだ。自分の腕の中で固まっている少女を払《はら》いのけ、階級証を己の二の腕に突き刺す。

慣れた痛みと共に、鮮血が滴《したた》る。

「〝我が忠実なる僕《しもべ》よ　猛々《たけだけ》しき冥府《めいふ》の騎士よ　この血の呼びかけに応《こた》え　我に仇《あだ》なす者をなぎ払え〟」

血の呼びかけに応え、屍番犬《ナベリウス》が姿を現す。

獰猛《どうもう》で美しい、私だけの獣《けもの》。

「オ゙オ゙オ゙……グルオ゙モオオオ゙オオオオオ゙オ゙オオ――――!!!」

「いい子ね。さあ、さっきアナタを酷《ひど》い目に遭《あ》わせた人間に、仕返しをしなさいな」

私がやさしい声でささやくと、愛しの獣《けもの》は怒《いか》り猛《たけ》った咆哮《ほうこう》の後、目の前の獲物に襲いかかった。

観念《かんねん》したのか、フジモトは避けようとしない。

私の胸が高鳴る。

一度は強く惹《ひ》かれもした男を殺すのだ。その倒錯《とうさく》した興奮が、私の中の血液という血液を沸騰《ふっとう》させているかのようだった。

ああ……シロー。

アナタの死体で作り上げた屍番犬《ナベリウス》は、どんな声で鳴くのかしら……？

「そうよ！　殺しなさい!!　この村にいる人間を一人残らず、殺しておしまいっ!!」

高揚《こうよう》した心のままに叫ぶ。

直後——。

前腕に焼けるような痛みが走った。

同時に、フジモトに覆いかぶさっていた屍番犬《ナベリウス》の巨体が、煙のごとくかき消《き》える。

「……な…………」

痛みと困惑に両目を見開く。魔法円のタトゥーごと前腕の中心を撃たれたのだとわかるまで、数秒かかった。

「銃……弾……？」

でも、銃は使えないはずじゃ……。

呆然《ぼうぜん》と顔を上げる。銃口から硝煙《しょうえん》を立《た》ち上《のぼ》らせたフジモトと目が合った。冷ややかにこちらを見ている。

その深い穴のような両目を見た瞬間、また、騙されたのだとわかった。

アニタを……人質を解放させるために、わざと弾詰まりの演技をしたのだ。あるいは、最初からすべてが嘘だったのかもしれない。

この男の何もかもが——。

今や、何ひとつ信じられなかった。この男のすべてが、嘘で塗《ぬ》り固《かた》められたもののような気がした。

「これで、もう屍番犬《ナベリウス》は出せねえな」

「…………」

硬い足音を響かせながら、フジモトが近づいてくる。黒い團服が、死神のそれのように思えた。

「ひっ……！」

死など怖くなかったはずなのに、腹の底から震えがこみ上げてきた。

必死に後退《あとずさ》ると、今度は左の大腿部《だいたいぶ》を撃たれた。

「っ……ぁあ……!!」

声にならぬ悲鳴を上げ、その場にうずくまる。目の前でフジモトの足が止まった。それを見て金縛《かなしば》りにでも遭《あ》ったように動けなくなる。

私の本能がこの男を恐れていた。

「助け……て……」

気づけば、情《なさ》けない懇願《こんがん》が口をついていた。

怖かった。

恐ろしかった。

死そのものへの恐怖というよりは、もっと純粋に、この男が怖かった。この男の何も映《うつ》していないような両目が怖かった。恐ろしいほど空っぽのこの男が。

こんな男を愛《いと》しく想いかけていた数時間前の自分が、信じられなかった。

この男は人間じゃない。


本当の化け物だ。

「助けて……お願い…………」

「なら、外の屍《グール》を祓え」

フジモトが平板《へいばん》な口調で命じる。

私は懸命に頭を振った。嘘じゃない。本当に祓えないのだ。祓う必要もつもりもなかったのだから、失われた言葉でつづられた祈りの言葉など覚えようとすら思わなかった。

「本当よ……嘘じゃないわ………私には、あの祈りの言葉は読めないの……」

足首と太腿《ふともも》、そして前腕がどくどくと大きく脈打っている。痛みのあまり、意識が飛びそうだった。

何の反応も返さないフジモトに、じんわりと視界が潤《うる》んでくる。

「祓えないの……私には、祓えないのよ……!!」

「じゃあ、死ね」

にべもなく言い、フジモトが銃口を私の額《ひたい》に据《す》える。

「………」

生温《なまあたた》かい涙が、頰《ほお》を伝う。

己の最期《さいご》を悟《さと》り、諦めとともにまぶたを閉ざしかける。刹那《せつな》、フジモトの利《き》き腕《うで》に何か

がかじりついた。小さな褐色《かっしょく》の塊《かたまり》。

それが何かわかった時、私は自分の見ているものが信じられなかった。何度も、何度も瞬《まばた》きする。

「アニ……タ……」

「セニョリータを……ころさないで……」

か細い声でアニタが懇願《こんがん》する。

フジモトは銃口を私に据えたまま、視線だけでアニタを見やった。かばうのか、と英語で問う。

「この女はてめえを殺そうとしたんだぞ」

子供に向ける眼差《まなざ》しでも、声でもなかった。アニタはガクガクと震えながら、それでも異国から来た男の腕を離さなかった。あんなにこの男を怖がっていたのに、懸命に、セニョリータを殺さないで、と繰《く》り返《かえ》す。

「おねが…い………please《プリーズ》……」

「………」

拙《つたな》い英語がアニタの小さな喉からもれ、大粒の涙が褐色の頬にこぼれ落ちる。

「please《プリーズ》……Mr.《ミスター》……don't《ドント》……kill《キル》………please《プリーズ》…………please《プリーズ》……」

私の両目からも熱い雫《しずく》がこぼれ落ちた。

セニョリータのようになりたいから英語を勉強したいと、いつだったかはにかんだように言っていた少女を思い出す。

――そしたら、セニョリータのほんとうのいもうとになれないかな？

そう言ってアナタは恥ずかしそうに小さな顔を両手で隠した。

私は……アナタをずっと騙してたのに……。

可愛いなんて思っていなかった。大好きよ、という言葉も嘘だった。妹ができたみたいという言葉を信じ、滑稽《こっけい》なほど喜ぶこの子を見て、馬鹿みたい、と心の中で嘲笑《ちょうしょう》していた。

いいように利用して、最後は殺すつもりだった。

なのに――。

なのに、アナタは……。

「……lo siento《ゴメンなさい》……」

震える声で告げる。

「lo siento《ゴメンなさい》……」

「…………」

「lo siento……mucho……《本当にゴメンなさい》」

むろん、フジモトへ向けた言葉ではない。

ひたすら欺《あざむ》き利用してきた少女へ。今度こそ、嘘ではない気持ちを伝えたかった——。

アニタの顔がくしゃくしゃに歪む。

フジモトは無言だった。アニタから私へ視線を戻すと、引き金にかけた指に力をこめる。

私は、もう目を閉じなかった。

この子にだけは、己の見苦しい最期《さいご》を見せたくないと思った。見せてはいけないと思った。

じっと裁《さば》きの時を待つ。だが、銀色の銃弾が放たれることはなかった。

「——およしなさい。藤本神父《ふじもと》」

脇から伸びた長い指が、銃口ごと銃身を包みこむ。

ヨハン——否《いな》、メフィスト・フェレスがそこにいた。

いつの間に現れたのか、似合わぬ團服ではなく、白とピンクで彩《いろど》られた道化師《どうけし》のような奇抜《きばつ》な格好《かっこう》をしている。

「無垢《むく》な少女の前で人殺しなど、無粋《ぶすい》な男のすることですよ？」

薄い唇をゆがめ、メフィストが嗤うような声でフジモトを諭《さと》す。

フジモトは舌打ちすると、利き腕を下げた。その際、オセーンダヨ、オマエハ、と私にはわからない異国の言葉でうめいた。

「う……うぅ……ひっ、く……」

フジモトが銃をホルスターに戻すと、アニタがその場にうずくまった。子供らしく大声で泣き叫ぶわけではなく、必死に嗚咽《おえつ》を堪える姿に胸の奥がじくりと疼《うず》いた。

「……アニ……タ……」

すすり泣く少女を抱き寄せようと腕を伸ばす。しかし、メフィストのマントがさりげなくそれを阻《はば》んだ。

遥《はる》か上にある顔が、優雅に告げる。

「シスター、貴女《あなた》は禁忌《きんき》を破った罪《つみ》で、これからヴァチカンの牢《ろう》に繋《つな》がれます。おそらく、もう二度と太陽を見ることはないでしょう」

「…………」

「残念です」

これ以上ないほど上品かつ偽善《ぎぜん》的に悪魔が微笑む。

私はアニタに向けて伸ばした腕を下ろした。袖口《そでぐち》から流れ落ちた血液に、忘れていた痛みを思い出す。それよりも、今はこの胸が痛かった。

この世界でたった一人、こんな私を救おうとしてくれた子を抱きしめることさえできない。

これが報《むく》いなのだと、改めて思い知らされる。

フジモトはすでに、我関《われかん》せずというようにタバコをふかしていた。

アニタのすすり泣きだけが、主聖堂に響いている。

メフィスト・フェレスは壊れたステンドグラスを見上げると、唇の端を持ち上げ、ゆったりと嗤った。

「おや、そろそろ、夜が明ける——」

それが、終幕《しゅうまく》だった。

✞

——十四時間後。

村の司祭《しさい》にカタコンベの祈りの言葉を読ませ、村じゅうにあふれ返っていた屍《グール》を浄化するのは、さほど骨のいる作業ではなかったが、村じゅうを洗浄し、小聖堂《しょうせいどう》にいる村人たち全員を除染《じょせん》するのは、かなり根気《こんき》のいる作業だった。

しかも、案の定《あんのじょう》、メフィストは何ひとつ手伝おうとしない。

「ああ、早く日本に帰って、録画しておいた深夜アニメをチェックしなければ。たしか、明後日《あさって》にはアニメショップで新作魔女っ子アニメのイベントがありましたな☆」

「チッ……てか、そもそもなんでいんだよ。お前は」

早くもうんざりしていた獅郎《しろう》は、やって来た支部の團員《だんいん》にさっさとバトンタッチした。

「んじゃ、後は頼むぜ」

「ご尽力《じんりょく》、感謝いたします。ミスター・フジモト。彼女は支部に連れ帰った後で、責任を持ってヴァチカンに連行しますので、ご安心を」

責任者らしい――いかにもラテン系の顔立ちをした祓魔師《エクソシスト》は流暢《りゅうちょう》な英語でそう言うと、日本ふうに頭をペコリと下げてみせた。

その背後に、手錠《てじょう》をされたうえで屈強《くっきょう》な團員二人に挟《はさ》まれたマリアが立っていた。血を流し過ぎたせいか青白い顔をしたマリアは、獅郎と目を合わせようとせず、護送車《ごそうしゃ》へと連

行されている間も顔を上げなかった。

ただ、車に乗りこむ時、一瞬だけその視線を上げた。

獅郎《こちら》を見たわけではない。

女の虚《うつ》ろな視線の先には、さびしげな顔で両手を握《にぎ》りしめ、佇《たたず》む少女の姿があった。

マリアは苦しげな顔で視線を逸《そ》らすと、車内に消えた。

砂煙《すなけむり》をあげながらジープが走り去って行く。

少女がなんともいえない顔で、ぎゅっと唇を嚙《か》みしめる。そのまま、どうするでもなく、とうに消えた車を見つめている。

獅郎は、それに苛立《いらだ》ちとも疎《うと》ましさともつかぬ感情をかき立てられた。

「忘れろ」

「…………」

「あのクソ女のことは夢だったと思え」

短く命じると、アニタは驚いたようにこちらを振り返った。まるで、今初めて彼がここにいることに気づいたように獅郎を見、それから悲しげに笑った。

幼い老人のような笑顔だった。

獅郎は少女から視線を逸《そ》らすと、團服の内ポケットからタバコの箱を取り出し、最後の一本を口に咥《くわ》えた。マリアから借りたライターで火を点《つ》ける。使いこまれた銀色のライターには、まだ半分ほど油が残っていた。

「……返し忘れたな」

タバコの煙を肺一杯に吸いこみながら、ひとりごちる。

「まさに敬虔《けいけん》な聖女の皮を被《かぶ》った魔性《ましょう》の女でしたな」

いつの間にか後ろに立っていたメフィストが、愉《たの》しげにささやく。

「家族を見殺しにしたことへの多大《ただい》な自責《じせき》の念と悪魔への憎しみが、彼女を極《きわ》めて優秀な祓魔師《エクソシスト》たらしめた。その道は、おそらく常人《じょうじん》には想像もつかぬような荊《いばら》の道だったのでしょう。ですが、奇《く》しくも真実を知ることによって、彼女の中で、『無辜《むこ》の人間を残忍な悪魔から守っている』という図式が、儚《はかな》くも崩《くず》れ去《さ》った。献身《けんしん》は裏切られ、忠誠《ちゅうせい》は根底からぐらぐらと揺《ゆ》らいだ。彼女の半生《はんせい》は、まったくもって無意味なものと化してしまいました」

妙に粘《ねば》ついた声。童話を読み聞かせるような口調。

悪魔はここでいったん、言葉を区切った。

「人間への失望と嫌悪《けんお》にまみれた彼女は、崩壊《ほうかい》する自我を保つべく新たな心の支えを探した。そして、手騎士《テイマー》の才能を持った彼女は、皮肉《ひにく》にも、死体への偏執《へんしゅう》的な愛着という異常

な性癖《せいへき》を目覚《めざ》めさせてしまった……概《おおむ》ねの見解は、まあそんなところでしょう」

そのいつも以上にもってまわった言い方に、獅郎がいぶかしげな視線を向ける。

「何が言いたい？　メフィスト」

「いえね。私にはどうも違った絵が見えるのですよ」

メフィストが目元《めもと》を細《ほそ》める。隈《くま》に覆《おお》われた目尻《めじり》にうっすらと皺《しわ》が寄った。

「愛《いと》しい者たちの死体に囲まれて暮らした二日間——その間に、彼女は自分でもそうと知らぬうちに、死体に魅入《みい》られてしまったのではないでしょうか？」

「………」

「報告書を読みましたが、彼女のご家族のご遺体《いたい》は、七歳の子供が見て正気を保っていられるようなものではなかったそうですよ。それこそ、人間の皮を被《かぶ》った別の何かに変質してしまったとして。なんらおかしくはないほどに……」

だから人間はおかしくてたまらない。

そう言いたげにニヤつく悪魔に、獅郎は短く答えた。

「——くだらねえ」

「おやおや」

メフィストが大袈裟《おおげさ》に肩をすくめてみせる。

「どうやら、私の見解はお気に召《め》さないと見える」

「あいつはただのクズだ。てめえが利用したガキに助けられ、泣いて謝《あやま》るようなどこにでもいるバカ女だ」

そっけなく言うと、煮ても焼いても喰《く》えない上司はくくっと喉《のど》の奥にこもった笑い声をもらした。

「純真な美少女の涙ですべてが解決するのは、おとぎ話のセオリーですから」

「現実はおとぎ話じゃねーし、ガキは嫌いだ」

耳をほじくりながら言うと、メフィストは両目を糸のように細めてみせた。

「ふむ。嫌いねぇ」

「…………」

癇《かん》に障《さわ》る表情だったが、それ以上、何かを言うつもりはないらしい。獅郎が睨《にら》みつけると、へらりと嗤《わら》った。

「それじゃあ、我々もそろそろ戻りますかな」

ゆったりとした声でそう言うと、日傘《ひがさ》をさし、支部から手配された車へと向かう。

獅郎は無言で短くなったタバコを吐《は》き捨《す》てると、靴の踵《かかと》で踏みつけ、照り返す日差しの中、運転席の空《あ》いた車へと向かった。

乱暴に車に乗りこむ。

すると、すでに助手席に腰かけていたメフィストが、

「そういえば、藤本神父《ふじもとしんぷ》。ここの村の名前をご存知ですか?」

戯《たわむ》れのように尋《たず》ねてきた。

「ラ・ブエナ・ディオサだろ」

なんとも皮肉《ひにく》な名を告げると、メフィストは愉《たの》しげに嗤った。

獅郎は軽く舌打ちすると、車のキーをまわし、喧騒《けんそう》の消えた村を後にした。

マネー・マネー・マネー

奥村燐《おくむらりん》は困惑《こんわく》していた。

「………無《ね》、え………」

絶望的な表情で自室の床《ゆか》に両膝《りょうひざ》をつく。

双子の弟・雪男《ゆきお》からわたされた今月分の生活費がないのだ。

ありとあらゆるところを――それこそ、本の間や机の下、ゴミ箱の底、果てはタンスの下着の中まで探したが、見つからなかった。

「マジかよ……」

両手で頭を抱《かか》えた格好《かっこう》でうめく。

頭の中が真っ白だった。

「メシ……どーすんだ?」

養父亡《な》き後、彼ら兄弟の後見人《こうけんにん》となったのは、あの、メフィスト・フェレスである。

無類《むるい》のオタクであり、面白《おもしろ》さで世の中のすべてを計《はか》る彼は、改造リムジンをお抱え運転手つきで乗りまわすような超セレブにもかかわらず、生活費《こづかい》を二千円しかくれない。一週間ではなく一か月でだ。しかも『五千円札とかつまんないじゃないですか。二千円札のほうが面白《おもしろ》いです』というまったくもって納得のいかない理由から——。

これでは飢《う》え死《じ》に必須《ひっす》……と、四苦八苦、もしくは七転八倒《しちてんばっとう》した末、祓魔師《エクソシスト》や講師として収入のある弟が生活費を出し、料理上手の兄が二人分の食事を作ることで、どうにか丸く収《おさ》まった。

いわゆる交換条件だ。

『はい、今月分。くれぐれも、落とさないでね。兄さん』

『おーっ……てか、落とすかっ！　ガキかよ!?　俺は』

イマイチ……というかイマ三つほど兄を尊敬しない弟から、封筒に入った金をもらってわずか一日。この体《てい》たらくである。

（もし、金をなくしたことがアイツにバレたら……）

燐のこめかみを冷《ひ》や汗《あせ》が伝《つた》う。

まるで醜《みにく》い虫けらを見るように冷ややかな目をした弟の前で、ひたすら小さくなる自分を想像し、

「のあああああああああああああああっ！！！」

その場に転《ころ》げまわる。

すると、頭の上から呆《あき》れたような声がした。

「……何やってるの？　兄さん」

「ゆ、ゆ、雪男っ⁉」

いつの間にか、外出から戻ったらしき弟が、珍妙《ちんみょう》なものでも見るように自分を見下ろしている。眼鏡《めがね》の奥の眼がいぶかしげに細められる。

「何か、床を転げまわって絶叫《ぜっきょう》するようなことがあったの？」

（ヤ、ヤベェ‼）

燐はがばっと起き上がると、精一杯の作り笑いを浮かべてみせた。

「い、いやー、じ、実はさ……べ、勉強？　そ、そう宿題をやってたんだけど、これが難しくってさー、つい、暴れちゃったっていうかさー……ナハハハハハハハ」

その場しのぎの嘘《うそ》を口にする。

「ふうん……宿題を、ねえ」

雪男は、まるで泥棒に入られた後のような部屋を胡散臭《うさんくさ》そうに見やったものの、

「まあ、何にせよ、勉強をするのはいいことだよ。感心、感心」

そう言って、自分の机に向かった。

机の上の空《あ》きスペースに、両手に抱えていた本をどしんと置く。燐には一生縁のなさそうな小難《こむずか》しそうな本ばかりだ。

（ふー。危ねぇ、危ねぇ）

燐が内心《ないしん》、安堵《あんど》のため息を吐《つ》いていると、雪男が唐突《とうとつ》にくるりと振り返った。反射的に燐がピキッと凍りつく。

「ああ、自分で散らかしたところは片づけておいてね」

「お、おー……」

引《ひ》きつった顔のまま、なんとか普通に答える。

雪男はそれきり机に向き直り、本に目を通し始めた。

ふーっ、と燐は胸をなでおろす。

そして、弟に見えないように両手にぐっと力をこめた。

（こうなったら、金が見つかるまで、なにがなんでも誤魔化《ごまか》し通すしかねえ……!!）

もらったばかりの生活費を失《な》くしたなどということがバレたら、ただでさえなきに等し

い兄の威厳《いげん》が地に堕《お》ちてしまう。

それだけは絶対に、断固《だんこ》として、阻止《そし》しなければならない。

少し先に生まれただけだが、燐にも兄の沽券《こけん》というものがある。

(そうだよ。一か月一万円で暮らすとかいうテレビ番組だってあんじゃねーか！　メフィストにもらった二千円と、あと今、残ってる食材をどうにかすりゃあ……)

成《な》せば成る——。

そう己《おのれ》に言い聞かせると、気合いを入れるため、ぱしんと両手で顔を叩《たた》き、部屋を後にした。

——本から顔を上げた弟が、うさん臭げにその様子を見ていたことには、むろん、気づいていない。

✝

「——いいか？　クロ。この白い封筒だぞ？　このイチョウのマークの入った封筒で、雪《ゆき》男《お》の匂《にお》いがついたヤツを探してくるんだ。中に金が入ってるから、あんまり噛《か》んじゃダメだぞ？　くわえてくるんだぞ？」

捜査に乗り出す警察犬を前にするような真剣さで、燐《りん》が説明する。

右手には封筒、左手にはこっそり失敬《しっけい》してきた雪男のスペア眼鏡《めがね》が握《にぎ》られている。今さらとは思ったが、弟の匂いを覚《おぼ》えさせるためだ。

人目のない高等部男子寮旧館の裏庭という場所だからいいが、かなり不審《ふしん》な光景である。

毛づくろいをしながらクロが、にゃー、と答える。

『わかった』

燐が眉《まゆ》を寄せる。

「……なあ、クロ。マジ頼むぜ？　お前だけが頼《たよ》りなんだ」

『わかったってば。まかせろ。りん。——あ、コバエだ』

お気楽に答えたクロが、猫らしく飛んでいる虫を気にし始める。

細かいところ（自分の不注意で今月分の生活費を失《な》くしてしまった云々《うんぬん》）まで教えていないだけに、どうしても緊張感に欠ける感じだ。

はっきりいって、やる気に欠ける。

だが、猫叉《ねこまた》である彼はそんじょそこらの警察犬より鼻が利《き》く。それに、四六時中《しろくじちゅう》、気ま

まにそこら辺をうろついているから、雪男に変に思われず捜索《そうさく》してもらうには、うってつけだった。

(——しかたねぇな)

ここはとっておきのカードを切るしかない。

「もし、無事、見つけてくることができたら、お礼に腹一杯スキヤキを食わしてやるぞ」

燐がクロの耳に顔を近づけ、悪魔の甘言《かんげん》のごとくささやく。その途端《とたん》、クロの二つに割れた尻尾《しっぽ》が針金のようにピンと立った。

『!! ホントか!?』

「ああ、しかも、いつもは二個までの生卵も、おかわり自由だぞ!!」

『……た、たまごもなのか……?』

クロがうっとりとした顔になる。

口元から垂《た》れた涎《よだれ》をずずっと吸うと、一転、真剣極《きわ》まりない顔になって燐に向き直った。

『おれ、かならずみつけてくる! だから、やくそくだぞ!! りん!!』

「おう! 頼んだぞ。クロ」

ようやくやる気になった相棒《あいぼう》に、燐が頼もしげにうなずく。

そして、はっとしたように周囲を見わたすと、ことさら声を落として耳打ちした。

「それから、このことは雪男には内緒だからな!?　絶対に言うなよ」

『?　なんでだ?　ゆきおのにおいのついたふうとうをさがすのに、ゆきおにいっちゃいけないのか?』

　クロが不思議そうに小首を傾《かし》げる。

(うっ……)

　燐は内心うろたえつつも、もっともらしい言《い》い訳《わけ》を模索《もさく》する。

「ああ、これはだなぁ……その……そうだ、秘密の任務なんだ!」

『ひみつのにんむ?』

「そうだ!　だから、雪男にはくれぐれも知られないようにするんだぞ?　雪男にバレたらスキヤキはなしだからな?」

　本当のことを言いたくない燐が、卑劣《ひれつ》にも(?)スキヤキ食べ放題をチラつかせる。

　クロは少し考えた後、

『わかった。おれ、このことゆきおにひみつにする』

　そう請《う》け合《あ》うと、スキヤキ——ならぬ封筒を探すべく駆けていった。

　その小さな背中を見送りつつ、燐が重たいため息を吐《つ》く。たったあれだけの会話なのに、なんだかどっと疲れた。

――お前はさ、嘘《うそ》に向いてねーんだよ。すぐ顔に出んだろ？　わかりやすいっつーか、単純つーか。まあ、馬鹿《ばか》なんだわ。だから、つまんねえ嘘なんざ吐《つ》くんじゃねーよ。

生前、養父にもよくからかわれたが、つくづく自分は嘘を吐くのに向いていないらしい。まあ、これで探索《たんさく》の方はクロに一任《いちにん》できる。

「後はどうやってやりくりするかだな」

頼みの綱《つな》の二千円は、さきほど米を買ったのであらかたなくなってしまった。幸い、調味料や乾物《かんぶつ》のたぐいは充分にあるが、野菜の買い置きはなんとも心もとない量だった。

「……とりあえず、今夜は具なしカレーかな」

自分で言っておいてテンションがだだ下がりするような夕飯《ゆうはん》のメニューに、燐はもう一度、大きなため息を吐いた。

クロにあんな話をしたせいだろう。真《ま》っ赤《か》に染まった空に浮かぶ雲が、スキヤキの鍋《なべ》に見えてくる。

熱々《あつあつ》の鉄鍋に牛脂《ぎゅうし》を塗《ぬ》りこみ、青々としたネギを炒《いた》め、頃合《ころあ》いをみて牛肉を投入。じゅうじゅうと肉の香ばしい匂いが漂うなか、割《わ》り下《した》を入れ、酒と砂糖で味を調《ととの》えながら、火の通りにくい野菜から順に入れていく――。

最後に春菊《しゅんぎく》を散らし、よく割り下のしみた肉を卵にくぐらせて……。

「あー、スキヤキ食いてえぇぇ～……」

悲痛《ひつう》なうめき声が、夕焼け空に弱々しく消えていった。

✝

「…………」

「おー、雪男《ゆきお》。な、なーに、突っ立ってんだよ？　は、早く、座れよ。せっかくの飯《めし》が冷《さ》めちゃうだろ!?」

食卓を前に無言で立《た》ち尽《つ》くす弟を前に、燐《りん》はびくびくする心を隠すように、へらりと笑顔を作って言う。自分ではけっこう自然だと思っているが、実際にはかなり引きつった笑

顔であるうえに、これでもかというほど視線が泳いでいる。

「……兄さん、このフライ、何……？　エビ……じゃないよね？」

「!!」

ようやく椅子《いす》に腰を下ろした雪男が、眼鏡《めがね》の奥の眉《まゆ》をひそめる。粥《かゆ》をよそっていた燐の手がびくっと震えた。


——あれから十日。

クロの鼻をもってしても、生活費は見つからないままだ。

今夜のメニューは、川で釣《つ》ったザリガニのフライに、川原で集めた野草のお浸《ひた》し、水で嵩《かさ》増《ま》ししたお粥。

自然食といえば聞こえはいいが、弟の視線は日に日に鋭《するど》くなっている。


「そ、それはア、アレだよ。ほら、ザ、ザリガニって……いうか……」

「ザリガニ!?」

「アメリカとかじゃ普通に食べてるんだぜ？　え、栄養もあるとかないとか……」

「……こっちの凄《すさ》まじく苦《にが》いお浸しは？」

「………」

「病人でもないのに毎日、お粥なのはなんでなの？」

「……ぐっ……ひっ、人の作ったモンにガタガタ言うんじゃねー!! 世の中には食べたくても食べられない人たちがいっぱいいいんだぞ!? ほら、食え!」

弟の追及を半《なか》ば力技《ちからわざ》で退《しりぞ》け、燐が薄い粥の入った椀《わん》を雪男の前にどんと置く。

雪男は不承不承《ふしょうぶしょう》といった感じで粥を啜《すす》り始めたが、ふと、思い出したように顔を上げた。

「そういえば、正十字学園《せいじゅうじがくえん》の施設課の人がこぼしてたけど、学園内の池で飼っている鯉《こい》が一匹、昨日《きのう》から見当たらないらしいんだけど――」

「ぎくっ!!」

「『ぎくっ』？」

雪男の両目がいぶかしげに細められる。

燐はアハハハと無意味に笑うと、粥をかっこんで、むせた。

激しく咳《せ》きこみながら、

「……いや、べ、別になんでもねーよ。一匹くれえ、数え間違いじゃねーか？」

「理事長が厳選した高価な鯉だから、毎日、数を数えていたっていう話だけど……」

「げっ……そーなのか……じゃあ、ほら、アレだ! ね、猫にでもやられたんじゃねー

か!?　そうだろ！　絶対そうだ!!　猫は魚好きだからな～」

「そういえば、昨日の晩ご飯、鯉の洗いと鯉こくだったよね？」

いよいよもって雪男が疑いの眼を向けてくる。我が弟ながら、分厚《ぶあつ》い眼鏡の奥の眼が鋭《するど》過《す》ぎて怖《こわ》い。

「そ……そーだったか……？　覚えてねーな……」

燐が必死に冷《ひ》や汗《あせ》が流れるのを堪《こら》える。それに雪男の顔も青ざめた。

「まさか、兄さん……」

「そっ、そんなことよりザリガニのフライ食えよ!?　見た目はなんだけど、すげー、美味《うめ》えぞ!!」

ホラ、ホラ、とザリガニフライを無理やり弟の口に押しこめようとする。口から外《はず》れて頬《ほお》に当たってても、かまわずぐいぐい押しつける。

雪男は嫌そうにそれを避《よ》けると、兄を睨《にら》んだ。

「それから、最近のお弁当なんだけど、海苔弁《のりべん》か塩《しお》むすびか、かんぴょう巻きのローテーションって何？　新手《あらて》の嫌がらせ？」

「バ……バカ!!　お前、嫌がらせのわけねーだろ!?　むしろ、日頃《ひごろ》の油っこい食生活を見直して、体の中から健康にしてやりたいっていう、やさしい兄心《あにごころ》じゃねーか!!」

「兄心ねえ……」

イライラと雪男がうめく。普段の彼よりだいぶ低い声だ。

どうやら、最近の偏《かたよ》った食生活に相当フラストレーションが溜《た》まっているらしい。こめかみの血管がピクピクとうごめいている。

（ぐ……コイツ、かなりキてやがるな……）

こんな時は、触《さわ》らぬ神になんとやらだ。

燐は自分の分の夕飯を食べ終えると、

「ごっそーさん」

と言って、食べ終わった食器を片手にそそくさと退散した。

そんな兄の背中に、弟がボソリと一言《ひとこと》。

「兄さん。何か、僕に隠してることない？」

「！　な……何、言ってんだよ!?　雪男。兄弟の間で、隠し事なんて……そんな、あるわけねーだろ!?」

「声が裏返ってるけど？」

「うるせーな!!　お前も早く食っちゃえよな!!」

不審《ふしん》そうな弟の視線を背中に痛いほど感じながら、燐は逃げるようにその場を後にした

のだった——。

——極貧《ごくひん》生活十四日目。

✝

（もう限界だ……これ以上、騙《だま》し続けられねえ……）

昼休み、正十字学園《せいじゅうじがくえん》の中庭。

米粒大《こめつぶだい》に千切《ちぎ》ったこんにゃくでかさ増《ま》ししたご飯《はん》で握《にぎ》ったおにぎり（具は野菜の皮のキンピラ。海苔《のり》はなし）を食べ終えた燐《りん》は、空腹と疲労のあまり、ぐったりと芝生《しばふ》の上に寝転《ねころ》がった。

米櫃《こめびつ》も次第《しだい》にさびしくなってきている。

あれ以降、鯉《こい》の管理も厳重《げんじゅう》になってしまった。ザリガニもあらかた捕《と》りつくしてしまったし、毎日、野草三昧《ざんまい》というわけにもいかない。

それに、弟を欺《あざむ》き続けることにほとほと疲れきってもいた。

貧しい食卓を見るたびに、雪男《ゆきお》の眼鏡《めがね》がキラッと光るだけで、胃《い》の腑《ふ》がこうぎゅーっと縮まって、冷《ひ》や汗《あせ》が吹き出してくる。

つくづく嘘《うそ》に不向きな正直者の自分が恨《うら》めしい。

青々とした葉を茂《しげ》らせた木の陰《かげ》で、燐がごろんと寝返《ねがえ》りを打つ。

(正直に言って謝《あやま》るか……いや、それは兄貴としてのプライドが……でもなぁ、これ以上はさすがにキツイし……くそ……どーすんだよ？　俺っ!!)

いく度も煩悶《はんもん》する。

頼《たよ》れる相手といったら、彼ら兄弟の後見人《こうけんにん》であるメフィストだが、こづかいを前借《まえが》りさせてくれと言って、はいそうですか、と素直《すなお》にうなずいてくれるような男でないことだけは確かだ。むしろ、この状況を大いに面白《おもしろ》がるだろう。下手《へた》をすれば、より厄介極《やっかいきわ》まりない状況に追いこまれそうな気がする。

(そうだ。あのクソピエロは、そーゆー奴《やつ》だ)

あの鯉も理事長セレクトだと言っていたから、藪《やぶ》を突《つ》ついて面倒《めんどう》なことにならないとも限らない。

後見人に泣きつくという案は、早々《そうそう》に却下《きゃっか》された。

(あとは、しえみぐれーか……)

再び寝返りを打ちながら、塾仲間の杜山《もりやま》しえみの顔を思い出す。

気《き》のいいしえみのことだ。ワケを話せば力になってくれるだろう。他の塾仲間とは違い親元にいるだけに、料理や食材の差し入れも期待できるかもしれない。

——……だが。

(いや、こんな情《なさ》けねー話、できるかっつーの!!)

ただでさえ、初対面の段階で、

『雪《ゆき》ちゃんがお兄さんみたい……!』

と言われているのだ。

それからだいぶ経《た》った今でもその認識は変わっていないようで、燐としては面白くない限りだ。そのうえ、弟にもらったばかりの生活費を失《な》くしちゃいました——などというみっともない相談などできるはずがない。

(こーなりゃ、日《ひ》銭稼《ぜにかせ》ぎのバイトしかねえ……!! っても、この学校バイト禁止だしなあ～……)

もはや八方ふさがりの現状に燐が両手で頭を抱《かか》えて身悶《みもだ》えしていると、

「——何しとんのや。奥村《おくむら》」

聞《き》き慣《な》れた声と共に、三人の知った顔が視界に入ってきた。

塾仲間の勝呂《すぐろ》竜士《りゅうじ》、志摩《しま》廉造《れんぞう》、三輪《みわ》子猫丸《こねこまる》である。

「さっきから他人が避《よ》けていきよんで。なに、自分、一人で暴れとんねん」

「ずいぶん荒れてるみたいやけど、なんかあったん？」

呆《あき》れ顔《がお》の勝呂の隣で、子猫丸が心配そうに尋《たず》ねてくる。

「そういや、最近、顔色悪いみたいやけど、身体《からだ》の具合でも悪いん？」

「こ……ごねごまるぅ……」

心が弱っているだけに、やさしさが身に沁《し》みる。燐はぐすんと大袈裟《おおげさ》に鼻を鳴らすと、その場に起き上がった。

「実はな――」

ぽつりぽつり、三人にこれまでの経緯《いきさつ》を打ち明ける。

三人の反応は、それこそ三者三様《さんしゃさんよう》だった。

「金を落とすって……子供か。お前は」

「あちゃ〜、それはマズイやろ。奥村先生にむっちゃ叱《しか》られるで〜。てか、ザリガニって……ブブッ」

「それは大変やったねえ」

呆れ果《は》てた様子《ようす》の勝呂とからかい半分の志摩はともかく、子猫丸の気の毒そうな顔にいくぶん慰《なぐさ》められた燐は、差し出されたポケットティッシュでちーんと勢いよく鼻をかんだ。

「一応、クロには引き続き探してもらってんだけどさ……」

と言って肩をすくめる。

ずっと一人で抱えこんでいた悩みを彼らに話したことで、いくらか落ち着いていた。

「――でも、もう二週間も経《た》っとるんやろ？」

ムリやろ、と志摩がこともなげに言う。

「とっくに拾《ひろ》われとるで。普通」

「そんなあ……」

「そしたら、交番に届いてるかもしれんな」

打ちひしがれる燐とは対照的に、勝呂がふむ、というようにうなずく。

絶望のどん底に希望の光が差しこんだ気がした。

「そっか！　もしかしたら、交番に届いてるかもしれねえんだよな」

燐が一気《いっき》に明るくなった顔を上げる。そんな彼を、志摩の一言《ひとこと》が再びうなだれさせた。

「いやいやいやいや。ないでしょ。それは」

とっくになくなってますよ、という友に、勝呂がいぶかしげな顔を向ける。

「なんでやねん？　金拾ったら、普通、交番に届けるやろ？」

「いや、それは坊《ぼん》はそうかもしれませんけど……」

「お前は違うんか」

「いや……それは……ネ？」

生真面目《きまじめ》な総領息子《そうりようむすこ》に仁王様《におうさま》のような顔で凄《すご》まれ、志摩が困ったように視線を泳がせる。

子猫丸に同意を求めるも、

「僕も届けますよ」

冷ややかに言われてしまい、「そんな……子猫《こねこ》さんまで」と、両肩を落とした。

「――まあ、それは置いといて、金が要《い》るんやろ？　どないすんねん」

話を戻す勝呂に、燐が「お、おお……」とうなずく。

「そーだなぁ、手っ取り早く稼ぐにしても、校内でアルバイト的なことをすんのは前に、メフィストに止められてるし。そもそも元手がねえから、弁当とか作って売るわけにもいかねーしな」

雪男と交換条件を結ぶ前、生活費を稼ぐために調理実習室で定食屋を開いたことがあったのだが、開始早々、メフィストによって閉店に追いこまれてしまったのだ。

校内で商《あきな》いなどもっての外《ほか》。学校は勉学及びスポーツに励《はげ》む場である――という意外に真《ま》っ当《とう》な意見だったのがいまいましい。

じゃあ、お前がちゃんとこづかいをくれよと訴《うった》えるも、のれんに腕押し、馬耳東風《ばじとうふう》。糠《ぬか》

に釘《くぎ》。馬の耳に念仏《ねんぶつ》だった。

「困った時は、お互い様や……と言いたいところやけど、俺たちも余裕があるわけやないしな」

勝呂が苦《にが》い顔で頭を掻《か》く。

彼ら三人は京都《きょうと》出身。親元を離れた寮生活者だ。成績優秀な勝呂は奨学金《しょうがくきん》制度を利用していると前に聞いたことがある。仕送りはあるのだろうが、贅沢《ぜいたく》ができるほどではないのだろう。

「少しやったら貸せるで」

「いや、その気持ちだけで充分だ……ありがとな」

男の友情に胸を熱くした燐がずずっと鼻を啜《すす》る。友人とはいえ——いや、友人だからこそ、そこまでの迷惑はかけられない。

「だけど、もう食うもんないんやろ?」

「ああ。あとは、調味料と小麦粉がちょっと、それに、米が一合《いちごう》あるかないかぐれーだな……」

厳《きび》しい現実を前に、燐が再びうなだれる。

志摩が周囲を通る女子生徒らに煩悩《ぼんのう》まみれの視線をやりつつ、

「そうや。うちのおかんから届いた千枚漬《せんまいづ》けでよかったらあげるけど、どないする？」

「ホントか!?　サンキュー、志摩」

これでおかずができたと喜色満面《きしよくまんめん》で顔を上げる燐に、

「そやかて、焼け石に水やろ」

勝呂の冷静《れいせい》な一言が止《とど》めを刺す。

確かに、それで今日一日と明日の朝昼くらいはなんとかなるだろうが、問題はそれ以降だ。運悪く明日は休日である。あのプレッシャーが四六時中《しろくじちゅう》かと思うと、考えただけで心が折れそうだった。

そんな燐の胸の内《うち》を察したように、勝呂が続ける。

「やっぱり、素直に、奥村先生に謝った方がええんやないか？」

「そうそう。なんぼ奥村先生かて、取って食ったりはせんやろうし。土下座して必死に謝れば、意外に赦《ゆる》してくれるんちゃう？」

幼馴染《おさななじみ》の意見に同調した志摩が茶化《ちゃか》す。

土下座かよ、と燐が眉間《みけん》にしわを寄せる。

すっかり『怒った雪男＝鬼・怖《こわ》い』の図式が前提《ぜんてい》で話されているようで、兄としては複雑だった。

確かに、いろいろ怖いところのある弟だが、あれでやさしいところもある……のだと信じたい。

「こないなことって、先延《さきの》ばしにしてるうちにどんどん言いにくくなるもんやで?」

「うーっ……まあ、そうなんだけどさ……」

話すべきか、話さざるべきか——。

ハムレットのような悩みに燐がうなっていると、

「そうや、バザーや!」

今まで黙って何やら考えていた子猫丸が、ポンと片手を打った。

「え? 何だって……?」

きょとんとする燐の前で、

「さっき校内で配ってたチラシをもらったんやけど——」

子猫丸が制服のポケットをまさぐる。取り出したチラシを開くと、そこに『正十字学園主催☆チャリティバザー』とポップな文字で書かれていた。

「ほら、コレ。ちょうど明日やろ?」

「ホントだ」

開催日時は明日の十時から十六時。

場所は正十字学園中央広場となっている。

毎回盛況で、学外の参加者も多いというコメントと共に、チラシの上部には和気《わき》あいあいとした写真がプリントされていた。

「学園主催やから、学生は出店費も無料やし、チャリティやからいくらかは寄付《きふ》せなあかんやろうけど……」

「ここに、寄付は売上の十パーセントって書いてあんぞ。てことは、五百円売ったら五円わたせばいいってことじゃん！」

「いや、それやと一パーセントやろ。五百円で五十円――つまり、手元に残るんは四百五十円や……って、どこまでアホやねん。小学校で習ったところやぞ？」

勝呂が眉間にしわを寄せた顔で訂正する。

「そんなんでお前、ちゃんと釣銭《つりせん》の計算できるんか？」

と、もっともな心配をするが、当《とう》の燐はといえば、

「四百五十円あったら……卵とネギと特売の肉が買える……」

と新《あら》たに射《さ》しこんできた希望の光に、両目を輝かせていた……。

奥村雪男《おくむらゆきお》は苛立《いらだ》っていた。

✝

(……いったい何を考えているんだ。兄さんは)

昨日の夕飯は、なにやら甘酸《あまず》っぱい大根の刻《きざ》んだものが入ったチャーハンと、同じく甘酸っぱい大根の入った味噌汁《みそしる》。今朝《けさ》はそれが、甘酸っぱい大根の刻んだものが浮いた薄い粥《かゆ》に変わり、昼メシだと用意された皿には、小麦粉を薄くのばしたお好み焼きもどきがのっかっている。具はまたしても、甘酸っぱい大根だ。それに、おそらく川原で採《と》ってきたと思《おぼ》しき草が何種類か……。

(今は戦時中か?)

文句を言おうにも本人は、

『これから塾の奴《やつ》らと約束があっから!』

と朝早くから大荷物を担《かつ》いで、バタバタと出かけたきりだ。

思い返してみると、昨夜からいろいろと準備をしていた。

兄弟で使っている寮室《りょうしつ》をひっかきまわしては、『これはイケる』『これは……ダメだな』『これはジジイのかたみだしなぁ』と、はっきり言ってうるさいこと、このうえなかった。

たまに、雪男のスペースまで侵入してきては、

『なあ、これ、もういらねーだろ?』

などと、古くなったノートやインクの出の悪くなったペンについて尋《たず》ねてきたのも気になるところだ。

(まさか、リサイクルショップにでも売ってお金にするつもりなのか? でも、あんなもの……買い取ってもらえないだろうに)

廃品回収に無料で引き取ってもらえればいいような品ばかりだ。

ここ二週間ほどのおそろしく偏《かたよ》った食生活から見るに、兄が自分の渡した生活費を失《な》くしてしまったか、使いこんでしまっただろうことは、ほぼ間違いない。

その証拠に、最近の兄は、妙にそわそわと落ち着きがなく、雪男とできる限り視線を合わせようとしない。雪男が何か言おうとすると、大仰《おおぎょう》なくらいびくっと身を縮《ちぢ》ませる。

極度に嘘《うそ》や隠し事が下手《へた》な兄らしい態度だ。

子供の頃から何度、こうして嘘がバレてきたことか。

だが、子供の頃ほど純真ではない兄は、謝罪はおろか、何も言ってこない。それどころ

か、なんとかして誤魔化《ごまか》そうと躍起《やっき》になっている。

兄さんがそういうつもりなら――と、雪男の方でもつい意地《いじ》になってしまい、突《つ》き詰《つ》めて尋ねてはいない。

しかしながら、日々、チクリチクリといびり、効果的にプレッシャーをかけてはいるから、そろそろ白旗を上げてくる頃合《ころあ》いだろう。

（まあ、兄さんのことだから、時間の問題だな）

雪男は皿の上にのったお好み焼きもどきを無理やり口に押しこみ、口直しにアイスコーヒーを飲んでから、自室に戻った。

昨夜からかかずらわっていた書類がようやく一段落したので、気分転換に読みかけの本を探すが、

「アレ……？　おかしいな……たしか、ここに立てかけておいたはずなんだけど」

机の上に置いておいたはずの本が見当《みあ》たらない。

兄と違って几帳面《きちようめん》な雪男は、おおよそ物を失くしたりすることがない。しかも、あの本は自分の所有物ではなく、正十字騎士團《せいじゆうじきしだん》の書庫から借り出した大切な品だ。古代ルーン文字で書かれた貴重な書物《しよもつ》で、万にひとつも失くすはずはない。

それだけに首を傾《かし》げながら、屈《かが》みこむ。

四《よ》つん這《ば》いの格好《かっこう》で兄によって散らかされた室内を探していると、兄のベッドの下にくしゃくしゃになったチラシが落ちているのが見えた。

何かのイベントの写真らしき物の上に正十字という文字が見える。

「なんだ、コレ――？」

拾い上げた雪男の顔が、一瞬のうちに歪《ゆが》む。

――正十字学園☆チャリティバザー

兄の昨夜からの不審《ふしん》な言動《げんどう》が頭の中でまざまざと蘇《よみがえ》る。

「まさか……」

猛烈《もうれつ》に嫌《いや》な予感がした……。

†

「らっしゃいらっしゃい！　安いよ～っ!!」

雲ひとつない青空の下、バザー会場にひときわ大きな呼び声が響く。

昨日《きのう》、バザー実行委員会の元へ押しかけ、もうとっくにしめきっていると言われたのを、そこをなんとか……と拝《おが》み倒《たお》して確保したスペースは、会場の隅《すみ》の隅。そのせいか、客足はからっきしだ。

というか、開店以来、来客者はゼロ。たまにチラリと視線を寄越《よこ》す人はいるが、立ち止まってまで見てくれる人は皆無《かいむ》だ。

むろん、レジャーシートの上に並べられた品は、まるで減っていない。

「『らっしゃい』って、お前……市場の叩《たた》き売《う》りやないんやから」

勝呂《すぐろ》が苦《にが》い顔でダメ出しをしてくる。

「金持ちのお嬢さんお坊ちゃん学校やぞ？　もっとお上品にいかなあかんのやないか？」

「お上品ったって……黙ってちゃ、なおさら客が来ねーじゃねーか」

燐《りん》が膨《ふく》れた顔になる。

「そやけど、どこも客引きなんかしてへんやろ」

勝呂が周囲の店を顎《あご》でしゃくる。

確かに皆、商品の前に静かに座っている。だが、それでも客は足を止め、商品を手に取ったり、品物について楽しそうに話したりしている。

燐ががっくりと肩を落とす。空腹と疲労でくらくらした。

「……何が悪《わり》ぃーんだ？」

「そりゃ、売ってるもんが悪いんやないか？」

勝呂がズバッと一言《ひとこと》。

「他の店、見てみ。皆、ぎょーさん良いもんを売っとるやろ。ほとんど新品やんか。小汚い雑巾《ぞうきん》とか売ってる時点であかんやろ。タダでもいらんわ」

「雑巾じゃねー！　タオルだっつーの！」

憤慨《ふんがい》する燐をよそに、勝呂が近くにあったノートをつまみ上げる。だいぶ年季《ねんき》の入った品だ。

「だいたい、いくらリサイクル品ゆうたって、残り数ページのノートとか売れへんやろ。むしろ、誰が買うんや」

「っ……物を大切にしろって、幼稚園の頃に教わったじゃねーか!!」

「ほな、このインクのなくなったボールペンはなんやねん!?　何に使うんや」

「こ……これは、ホラ、背中が痒《かゆ》くなった時とかにさ……」

「手で掻《か》けや!!　手で!!」

「まあ、まあ――」

麦わら帽子を被《かぶ》った子猫丸《こねこまる》が、苦笑《にがわら》いを浮かべて仲裁《ちゅうさい》に入る。

「確かに、このままやとなんですし、よそでもやってるみたいに、宣伝用のポップとか描《か》きましょか？」

気分を盛り立てるように提案すると、その脇でなにやらごそごそやっていた志摩《しま》が、

「できたで〜」

と顔を上げた。

その手には売り物（？）の三分の一しか残っていない古いスケッチブックと、使いこみすぎてボロボロのクレヨンが握《にぎ》られていた。

「これを売りモンの前に置いとけば、売れるやん？」

「志摩さん、もしかして、ポップを作っててくれてたん？」

子猫丸が意外そうな顔で友を見る。

普段《ふだん》、何事に対してもやる気がなく、良くも悪くも気の抜けたところがあるだけに、積極的に手伝うとは思っていなかったのだ。

「マジ？」

「なんや、お前。商品のイラストでも描いたんか？」

燐と勝呂も、興味深そうにのぞきこんでくる。

「フフフ。これでバッチリですわ」

志摩は得意そうに、スケッチブックを皆に向けてかかげた。

そこには、

——奥村雪男《おくむらゆきお》使用済文房具、タオル、などなど。

と落書きのような文字で書かれている。


「…………」

三人の眼が文字通り点になる。

笑顔なのは志摩だけだ。

「これで、どんなしょっぱいもんでも、奥村先生ファンの女の子が買ってくれるゆう寸法《すんぽう》ですわ。ね？　ええ考えですやろ？　いや〜、俺ってば、天才なんとちゃう？」

自画自賛する志摩に、

「ドアホ」

ちょっと遅れて勝呂が一喝《いっかつ》する。

ついで、能天気《のうてんき》なピンク色の頭に、ゴツンと一発。重たい拳固《げんこ》が落とされた。

「何考えとんねん、お前は!! 仮にも坊主《ぼうず》が、どないなあくどい商売する気やねん!?」

「えー!? 売れればええですやん!?」

殴《なぐ》られた頭を抱《かか》えた志摩が、不満そうに唇《くちびる》を尖《とが》らせる。

「ええわけあるか!! ホンマ、お前は……——」

怒《いか》りのあまり言葉を詰まらせ、勝呂は頭が痛いとばかりにこめかみを押さえる。

「それと、このタオルは雪男のじゃねーぞ? 俺が使ってたヤツだ」

横から燐が、さきほど勝呂に『雑巾』と言われたタオルを手に眉《まゆ》を寄せる。

「そんなん、黙っとけばわからんって。奥村くん。生活費を稼《かせ》がなあかんのやろ? そやったら、細かいとこには目をつむらなあかんで?」

志摩が燐の肩に腕をまわし、もっともらしく言う。

痛いところを突かれた燐が、ぐっ、と口ごもった。そこを、志摩がぐいぐい突っこむ。

「ここは、奥村先生に客寄せパンダになってもらってやな——」

「……でも…………バレたら怖《こえ》ぇーし……っつーか、なんとなく雪男《アイツ》に負けたような気もするっていうか……なんか、屈辱《くつじょく》っつーか……」

「バレなきゃええんやって。時には思いきりも重要やで?」

「志摩さん……アンタって人は」

子猫丸が呆《あき》れた顔で、はぁ、とため息を吐《つ》く。

――結局、道徳的にいかんだろう、という勝呂の意見が通り、雪男で女子生徒を釣《つ》る志摩の案は却下《きやつか》された。

すでに開始から二時間近く経《た》っているが、店の品は依然《いぜん》として売れない。近隣のスペースからは、お釣《つ》り用の小銭《こぜに》がなくなってしまっただの、売る物がなくなったから店じまいだの、景気のいい話題が聞こえてくるだけに辛《つら》い。

カンカンと照りつける日差しの下、男四人でぼんやり座っていると、虚《むな》しさもひとしおだ。

「……なんか、悪《わり》ぃーな。せっかくの休日なのに」

「別にええって」

「困った時はお互いさまやろ？　奥村くん」

「だけど、こう売れないと、やっぱ、凹《へこ》むよな～……」

「やっぱり、華《はな》がないんちゃう？　こういうのは、ムサイ男だけじゃあかんて」

「チャリティバザーやぞ。皆が皆、お前みたいな煩悩《ぼんのう》まみれやと思うなや」

そんなことをぐったり駄弁《だべ》っていると、

「――アレ？　奥村くんたちもお店出してたの？」

やわらかな声が降ってきた。

揃《そろ》って顔を上げると、元・塾生仲間の朴朔子《ぱくのりこ》が穏《おだ》やかな微笑《ほほえ》みを浮かべて立っていた。つばの広い麦わら帽子に白いワンピースが、高原の美少女といった感じだ。

「おー、朴」

「華や!!」

ぐったりしたまま挨拶《あいさつ》する燐の横で、急激に元気を取り戻した志摩が叫ぶ。

ばっとその場に立ち上がると、朴の両手を握らんばかりに、

「これぞ、求めとった華やっ!!　なあ、朴ちゃん!!　俺らの店で売り子さんやってくれへん!?　な？　な？　ええやろ!?　なあて!!」

「え……ええ……？」

志摩の勢いに気圧《けお》された朴がじりじりと後退《あとずさ》る。

なおも身を乗り出す志摩の後頭部を、

「やめや。怯《おび》えとるやろ」

勝呂が後ろから叩《たた》く。

だが、女の子の売り子を――という志摩の主張もうなずける。男ばかりだから客がつか

ないということは、十分にありそうだった。

「ど……どうしたの？　志摩くん……」

「この通り！　朝から全然、売れねーんだ」

困惑《こんわく》している朴に、燐が生活費捻出《ねんしゅつ》云々《うんぬん》は省《はぶ》いて簡単に説明する。

「そっかー……そういうことだったら、手伝ってあげたいけど」

納得した朴が困った顔になる。

「実は、私たちも出店してて」

「私たち？」

「うん。寮の部屋を片づけてたら、いらなくなった文庫本や洋服がけっこうあったから、出雲《いずも》ちゃんと杜山《もりやま》さんに手伝ってもらって」

「しえみたちもいんのか!?」

「うん。ここからだと見えないけど——ほら、あの噴水《ふんすい》の奥にスペースがあるの」

そう言って、朴がビニール袋を下《さ》げた右手を噴水へ向ける。そこにはペットボトルのお茶が三つとスナック菓子《がし》が入っていた。

店番を二人に任《まか》せ、買い出しに出た帰りだという。

「それで、お前らんとこは売れてんのか？」

「う……ん。まあ、ボチボチ……かな？」

燐の問いに、小首を傾《かし》げた朴が曖昧《あいまい》に答える。心やさしい彼女が気を遣《つか》ってくれたことは鈍《にぶ》い燐でもわかった。

そうかぁ、と燐ががっくりうなだれる。

そんな二人の横で、ぐっとガッツポーズをした志摩が身悶《みもだ》えせんばかりに叫ぶ。

「出雲ちゃんに杜山さんまで……まさに、掃溜《はきだ》めに鶴《つる》や!!」

「掃溜めで悪かったな」

勝呂が不機嫌《ふきげん》そうにつぶやく。

「志摩さんはホンマに……まるで成長せえへんね」

子猫丸も呆《あき》れを通り越し、半《なか》ば諦観《ていかん》の面持《おもも》ちで古くからの友を見つめている。

「……あの……もし、よかったら、来てみる？」

志摩の桃色の叫びにたじろいだ朴が、すぐに笑顔を取り戻し、穏やかに誘ってくれた。

「もちろんや!!!」

即答《そくとう》したのは、むろん、目をハートマークにした志摩——その人である。

✞

「アレ、燐《りん》!?　志摩《しま》くんも——」

「げっ。どうしてアンタたちが朴《ぱく》といんのよ……」

店番を勝呂《すぐろ》と子猫丸《こねこまる》に任《まか》せ、志摩とともに朴たちのスペースに足をのばした燐は、そのあまりの違いに呆然《ぼうぜん》とした。

同じようにレジャーシートを敷《し》いただけの簡易《かんい》スペースではあるのだが、何から何まで違う。

「すげー……」

まず、レジャーシートからして違った。

燐が持って来たようなそっけないブルーシートではなく、パステルカラーのシートが見るからに明るい雰囲気を醸《かも》し出《だ》している。

店のいたるところには色とりどりの花々が飾られており、日よけのビーチパラソルの代わりに差された巨大な葉っぱ——おそらく、しえみの使《つか》い魔《ま》である緑男《ニーちゃん》が出した代物《しろもの》だろう――が、心地《ここち》よさそうな木陰《こかげ》を作り出していた。

その下には、古典小説や恋愛小説、可愛《かわい》らしい小物や洋服が見やすく並べられている。値段の書かれた小さなタグまでついていて――見るからに本格的だ。商品を邪魔《じやま》しない範囲で置かれたポップにも、いかにも可愛《かわい》らしい動物やリボンのイラストが描《えが》かれている。

「まるで、本物の店みてー」

「はあ？　何言ってんの？　店は店でしょ？」

呆《あき》れたようにそう言う出雲《いずも》は、鮮《あざ》やかな色のキャミソールとゆるTを重ね着し、下は短めのカーゴパンツというカジュアルな出《い》で立《た》ちで、しえみは菖蒲柄《しようぶがら》の夏物の着物の袖口《そでぐち》を勇ましく襷掛《たすきが》けにし、短めの髪をポニーテールにしている。

「ええな～、出雲ちゃんも杜山《もりやま》さんも可愛《かわ》えなぁ～」

早くも鼻の下を伸ばす志摩に、

「キモイ。あたしの側《そば》に寄るな」

と出雲が辛辣《しんらつ》な台詞《せりふ》を浴《あ》びせる。相変《あいか》わらず眉間《みけん》に深いしわが寄っているが、そんなことでへこたれる志摩ではない。ますますでれ～っと頬《ほお》を緩《ゆる》めた。

「お店も可愛いなぁ～。さすが女のコのお店やわ」

「えへへ。そうでしょ？　杜山さんが頑張《がんば》ってくれたんだよ」

「わ、私は……そんな……バザーとか初めてだから、楽しくて……」

朴に褒《ほ》められたしえみが真《ま》っ赤《か》な顔で両手を振ってみせる。

「燐たちもお店を出してるの？」

しえみの問いに、

「！　お、おお……まーな……」

燐が少したじろぐ。

自分たちの店との落差に、すっかり意気消沈《いきしょうちん》してしまっているのだ。

しかも、あまりの売れなさに雪男《ゆきお》の女子人気で客引きをしようとしていたなど、口が裂《さ》けても言えない。それこそ、大恥《ひっし》必至だ。

（あんな恥ずかしいモン、見せられるか!!）

固く心に誓《ちか》った燐が、間違っても、

『燐たちのお店はどこにあるの？』

などと言い出されないように、きょろきょろと視線をさまよわせ、さりげなく話題を変える。

「——なあ、なあ。これ、なんだ？」

店の最前列の端《はし》にダンボール箱が置かれ、ＡＬＬ五十円と書かれている。中には、ハンカチなどの小物や雑貨、文房具などがごちゃっと入れられていて、ぱっと見、子供のおもちゃ箱のようだ。

　燐と雪男も子供の頃、こんな箱を持っていて、大切な宝物を入れていた。

　燐の箱はごちゃっと、弟の箱はいついかなる時でもきちっと整理されていた。

「A・L・L……何て書いてあんだ？　アルル？」

「オール。『全部』ってこと。いわゆる、五十円箱よ」

　首を傾《かし》げる燐に面倒臭《めんどうくさ》そうに出雲が答える。面倒臭そうであってもちゃんと答えてくれるところが、意外に義理がたい彼女らしい。

　箱の前にしゃがみこんだ燐が、さらに尋《たず》ねる。

「何なんだ？　その五十円箱って？」

「箱の中のもの、全部五十円ってこと。よく個人でやってるお店の前とかに、百円均一《きんいつ》とか、ご自由にお持ちくださいって書いている箱とかあるでしょ？　そういうのと一緒。安いから買いやすくてけっこうはけるのよ。言ってみれば、客寄せね」

「へェー。すっげー」

　燐が素直に感心する。

　同じ客寄せでも、志摩の考えた道徳上問題のあるいかがわしい客寄せとは、雲泥《うんでい》の差だ。

水玉模様の包装紙で可愛らしくアレンジされたダンボール箱を探《さぐ》ると、中から猫の刺繍《ししゅう》がついたタオルが出てきた。ふんわりとして、石鹸《せっけん》のいい香りがする。これで五十円ならば買い手もつくだろう。

「これ、お前が考えたのか？　出雲」

「は？　まあ、そうだけど、普通にあるでしょ……こんなの」

素っ気ない出雲に、しかし、燐がキラキラと目を輝かせる。

「すげーな、お前。まさに、バザーの王だな！」

「な……ば、ばっかじゃないの!?　こんなの誰だってやってるわよ！　てか、なによバザーの王って!?」

尊敬をこめた眼差《まなざ》しを向けられ、出雲がたじろぐ。

顔が赤く、さらに怒ったようになっているのはあまりにストレートに褒《ほ》められ、照れているからなのだが、鈍《にぶ》い燐にはガチで怒っているように思える。

慌《あわ》てて言い直した。

「あ、悪《わり》ぃ。王じゃ男だもんな。バザーの女王だな!!」

「そーいう問題!?」

「いや、マジ感動してさ。サンキュー、出雲！　俺んとこでも、コレ、やってみるわ!!」

じゃあな、と勢いよく言うと、

「ええ!?　もう帰るん!?　そんな、殺生《せっしょう》な!!　俺は、まだここにおってもええやろ!?」

盛大にブーイングをもらす志摩を引きずって、自分たちのスペースへと戻った。


その慌《あわ》ただしい後ろ姿を出雲が唖然《あぜん》と見送る。

「なに、アレ……」

ぼそりとつぶやいたその背後《はいご》で、

「燐、はりきってるねえ」

しえみがおっとりと笑う。

はりきっているというか、勢いこみ過ぎて空《から》まわりしているように見える……。

出雲は眉間《みけん》にしわを寄せたが、数人の女の子が「あ、このお店、可愛い～」と店先に集まったので急いでしわを解《と》いた。

さすがに眉間にしわを作ったまま接客をするわけにはいかない。

レジャーシートの上では、しえみが顔を赤くしながら、

「あ、ど……どうぞ、ゆ、ゆっくり見てってください」

と若干噛《じゃっかんか》みつつも精一杯客を促《うなが》し、人当たりのいい朴が、

「ねえねえ、これ二つでいくらになる？」

「ねえ、これ三つ買うから、ひとつタダにしてぇ〜」

という値引きの相談に、ひとつひとつ丁寧《ていねい》に対応していた。

✝

「……ほお。そないな客寄せ方法があるんやな」

勢いよく戻って来た燐《りん》がゴミ捨て場から探してきたダンボール箱にマジックで『ＯＩＬ五十円』と書き、スポーツバックの中から取り出した物をごちゃごちゃと突っこんでいるのを見守っていた勝呂《すぐろ》が、感心したようにうなる。

「知らんかったわ」

「バザーって奥が深いんやね」

と同じく感心していた子猫丸《こねこまる》が、「あ、そうやった」と、思い出したように顔を上げた。

「奥村《おくむら》くんたちがいない間にお客さんが来て、勝手に売ってもうたんやけど、よかったん？」

「え!?　マジ!?　マジで、売れたの!?　何が!?　何が売れたんだ!?」

燐がぱあぁと笑顔になる。今にも、背後《はいご》に左右に大きく揺《ゆ》れる尻尾《しっぽ》が見えるようだ。

子猫丸が苦笑《にがわら》いする。

「表紙の破れた古いノートみたいやったけど……」

「あの黒いノートや。ページが黄ばんだ」

勝呂が横から口を添《そ》える。

「罫線《けいせん》のない無地《むじ》のノートで、ところどころ虫に食われとったやろ?」

黒いノート……とちょっと考えた燐が「ああ」と破顔《はがん》した。

「雪男《ゆきお》の机の下に落ちてた汚《きたね》ぇノートだな」

雪男が風呂に行っている時に、燐の肘《ひじ》が当たって山と積まれた本が雪崩落《なだれお》ちた際に見つけたノートだ。

かなり古びたノートのうえ、ところどころ紙魚《しみ》に喰《く》われていたが、何も書かれていなかったので、一応売り物に入れておいたのだ。

「汚いノートって……お前」

勝呂が呆《あき》れたように眉《まゆ》をひそめる。

「よくそれを他人様《ひとさま》に売ろうと思ったな……まあ、実際、売れたわけやけど」

「デザイナーさんみたいな格好《かっこう》をしたオネエ系の人やったよ。この破れ具合がインスピレーションを刺激されるとか言っとったし」

値段がついていなかったので、いくらでもいいと言うと、喜んで五百円を置いていったという。

「五百円!! マジでっ!? やったー!!!」

燐が喜びに頰《ほお》を紅潮《こうちょう》させる。次《つ》いで、両手をぐっと握《にぎ》りしめた。

「これで、あと三日はなんとかなるぞ!!」

「ホンマ、捨《す》てる神あれば拾《ひろ》う神あり、やな」

「……まあ、一番売れそうになかったですからね」

勝呂が嘆息《たんそく》し、子猫丸がなんとも言い難《がた》い顔で笑う。その脇《わき》で「あ〜、貴重な女の子成分が……」と泣きベソをかいていた志摩《しま》が、いきなり、がばっと起き上がった。

「あ、霧隠《きりがくれ》先生や〜」

一瞬で元気になったその視線の先には、祓魔塾《ふつまじゅく》講師・霧隠シュラの姿があった。

仮にも講師という肩書きを持つ彼女は、丈《たけ》の短い下着のようなワンピース姿——手にはあろうことか缶チューハイが握《にぎ》られていた。

アルコールのせいか頰がほんのりと赤く、肉厚《にくあつ》な唇《くちびる》がグロスでも塗《ぬ》ったかのように色っぽい。片手に下げられているのが、チューハイやビールの缶の詰まったビニール袋でなければなお良しというところだが……。

「おー、お前ら。雁首《がんくび》そろえて何やってんだ。こんなとこで」

「お前こそ、昼間っから酒飲んでんじゃねーよ。キョーイクシャのくせに」

燐が呆《あき》れ顔《がお》で言う。それに、真面目《まじめ》な勝呂が同感だとばかりにうなずいた。

そんな教え子らの眉間《みけん》を立て続けに指で弾《はじ》き、

「こっちとら就業時間外だっつーの」

と言うと、飲み終えたチューハイの缶を五十円箱に放り入れた。

ぎょっとした燐が抗議の声を上げる。

「あ!! バカシュラ! ゴミを入れんなよ!! わっ、酒臭《さけくせ》ぇ!!」

「はあ? 誰がバカシュラだ!? バカにバカって言われたくねーんだよ——ってか、ゴミ箱にゴミ入れて何が悪《わり》ーィんだ?」

「ゴミ箱じゃねーよ!!」

平然と言い返すシュラに反論しつつ、燐が箱から缶を取り出す。そして、箱の脇をバンバンと叩《たた》いてみせた。

「オール五十円って書いてあんだろ? 売り物なんだよ」

「どーでもいいけど、ソレ。『ＯＩＬ五十円』って書いてあんぞ？　どこに油があんだよ？」

「……え!?　やべ、間違えた!?」

「もっと勉強しろよ」

さも可哀相《かわいそう》な者を見るような目で燐を見返すと、

「どれどれ──」

とシュラがその場にしゃがみこむ。ゴソゴソと箱の中をかきまわしていたかと思うと、むうっと眉《まゆ》を寄せた。その手の中にはわずか一センチほどの長さしか残っていないガムテープが握られている。

「なんだ、コレ。ホント、ゴミしか入ってねーじゃねーか」

「だから、ゴミじゃねー!!」

燐が憤慨《ふんがい》しつつも、それどころではないと思い直したらしく、

「なあ、お前もなんか買ってくれよ。マジ、金がなくて困ってんだよ！」

と拝《おが》むように両手を合わせる。

「そうは言われてもにゃ～」

シュラは、ガムテープを箱に戻すと、赤い髪をガシガシと掻《か》いた。くあああ、と大きな

欠伸《あくび》をひとつする。

「驚くほど欲しいもんがねーっつーかさあ…………って、お？」

　シュラの指が箱の底で止まった。

「なんだ、こりゃ？　写真——」

　片目をすがめたシュラが、取り出した一枚の写真に一転、大爆笑する。

「うしゃしゃしゃしゃ……なんだ、この写真……け……傑作《けっさく》……ぶはははは!!」

　ひとしきり笑っても収《おさ》まらないのか、腹を捩《よじ》って笑っている。あまりのことに周囲の人々が何事かとこちらを見ているほどだ。

「どーしたんだよ？　大丈夫かお前」

「どないしたんですか？」

　不審《ふしん》げな顔の燐と勝呂、それに子猫丸と志摩がシュラの手の中をのぞきこむ。

　次の瞬間——。


「「「ぶっ」」」

　勝呂、志摩、子猫丸の三人が吹き出した。

「うわ～……あかん……これは、あかんわ……ぷぷぷ」

「止《や》めや、志摩……子供の頃のことやろ」

「……そうですよ、志摩さん」

志摩はそのままシュラに倣《なら》って大笑いしたが、勝呂と子猫丸は無理やり笑いを飲みこんだ。それでもなお、笑いがこみ上げてくるのか、勝呂は赤い顔でぐっと唇を噛《か》みしめ、子猫丸は困ったような、申《もう》し訳《わけ》なさそうな顔でひたすらうつむいている。だが、その肩もやはり小刻《こきざ》みに震えていた。

「⁇　雪男のガキの頃の写真じゃねーか」

燐のみ、なんだという顔でシュラの手から写真を取り上げる。

「アルバムから剝《は》がれて紛《まぎ》れこんじまったんだな」


やや色あせた写真。

そこには幼い燐と雪男が仲良く並んで写っていた。

赤い顔で泣きベソをかく雪男を燐が慰《なぐさ》めているらしく、二人の後ろでは養父が笑いながら布団《ふとん》を干《ほ》している。

子供用らしい小さな布団には、見事な世界地図が描《えが》かれていた……。

「ぶぶぶ……めっちゃナイスショットやで、コレ……ぶくく」

「お前かて、小学校に上がるまでしとって、終《しま》いには山越えたところにあるお灸《きゅう》にまで通《かよ》わされとったやないか」

勝呂が友をたしなめるが、その声もかすかに笑っているので、たぶんに説得力に欠ける。

「……奥村先生にも、こない可愛《かわい》らしい時があったんですね」

子猫丸がうまくフォローしようとするが、シュラの遠慮のない笑い声に阻《はば》まれた。

「ぐはは……よし、これ買うぜ。燐……ぎゃははは!!!」

シュラが燐の手元から写真を取り上げ、胸元《むなもと》から小銭入《こぜにい》れを取り出す。

「いや、これは売りモンじゃねーから――」

さすがに渋《しぶ》る燐に、

「そーいうなよぉ」

シュラが馴《な》れ馴《な》れしく腕をまわす。

「百円――いや、五百円出すぜぇ?」

「マジで!?」

小銭入れから出された五百円玉に燐の心がぐらっと揺れる。

「五百円かあ……でも、雪男が……でもなあ……」

「ホレホレホレ。金が欲しいんだろ？」

「う゛ーっ……」

「うりうり」

悪魔――ならぬ悪い大人《おとな》の誘惑に苦悶《くもん》する燐を前に、笑いの消えた子猫丸と勝呂の両名が、はらはらした様子《ようす》で、

「ダメやて、奥村くん」

「やめとけ。奥村」

と抑止《よくし》するも、

「よし……売った！」

五百円の魅力の前に陥落《かんらく》した燐が力強くうなずく。

勝呂が、あーあ、という顔で頭を抱《かか》え、子猫丸が両肩をがっくりと落とした。

「やりぃ～」

実に楽しげに写真を手にしたシュラが去って行く。

燐は売上を入れる空《あ》き缶《かん》に五百円玉を入れると、

「これで千円だな」

とうれしそうに缶を撫《な》でた。

「いやー、意外に売れるもんやな～」

志摩がのほほんと笑う。

そんな二人とは対照的に、この先、訪れるであろう悲惨《ひさん》な未来をほぼ正確に予期した勝呂と子猫丸は互いを見やると、はあ、と力なく嘆息《たんそく》した。

「奥村先生……怒《おこ》りはるでしょうね」

「ほな……先に、逃げるか？」

必ず沈むとわかっている船に乗り続ける馬鹿《ばか》はいない。

こくりとうなずき合った両者は、ほどなく、どちらからともなくその場に立ち上がった……。

✝

「どこにいるんだ？　兄さんは」

バザー客でごった返す広場を見まわしながら、イライラと雪男《ゆきお》がつぶやく。

あと三十分ほどで終わるとあり、大胆《だいたん》な値下げをしている店も多い。客の方もここぞとばかりに値下げの交渉をしており、会場はかなりの熱気に包まれていた。

恵まれた長身《ちょうしん》を使って遠くまで見わたすが、兄の姿はない。

(もっと早く来ようと思っていたのに……)

こんな時に限って——いや、年がら年中多忙なことに間違いはないのだが——何件もの諸雑務に追われ、ようやく出てこられたのだ。

まさか、最悪の事態になっているのでは……と、気ばかりが焦《あせ》る。

雪男は己《おのれ》を落ち着けるために軽く頭を振った。

(あの本が貴重なことは兄さんも知ってるはず……いやまて、相手はあの兄さんだぞ?)

古代ルーン文字で書かれた数少ない文献《ぶんけん》だといったところで、ちんぷんかんぷん。おそらく、右から左だろう。

現に雪男が、触《さわ》るな云々《うんぬん》の注意を促《うなが》している間、読んでいた漫画雑誌を手放さなかった。

『ちゃんと聞いてるの？　兄さん』

という問いに、笑いながら、

『わかってるって。てか、お前がちょっとしつこいぞ』

と答えていた様子《ようす》を思い出してみても、不安が募《つの》る。

しかも、あの本は特殊な条件の下でしか、字が浮かび上がってこないため、一見すると何も書かれていない小汚いノートのようにも見えるのだ。価値のわからない人間に売れるとも思えないが、万が一ということもある。

(とにかく、一刻も早く兄さんを探さないと)

雪男が人ごみを足早に歩いていると、背後《はいご》から、

「あれ、雪ちゃん?」

「え? 奥村《おくむら》先生――?」

「!?」

聞き覚えのある声に振り返る。そこには、塾生の杜山《もりやま》しえみと神木《かみき》出雲《いずも》、それから一学期中に塾を辞《や》めた朴朔子《ぱくのりこ》の姿があった。

どうやら、片づけの最中らしい。

「……皆さんもいらしてたんですか」

眉間《みけん》にしわを寄せた険《けわ》しい顔から、普段の人当たりのいい笑顔になって、雪男が三人に尋《たず》ねる。

「出店されてたんですか？」

「うん。朴さんのお手伝いで。雪ちゃんはお買い物？」

「いえ、僕は兄を探しに――」

「奥村くんだったら、あっちの噴水の裏に……」

中腰になった朴が指で人ごみの後ろを示す。

つられて雪男がそちらに目を向けると、背後からまたも聞き慣れた声がした。

「およー？　雪男じゃねーか」

「…………シュラさん」

オフとはいえ真《ま》っ昼間《ぴるま》から酒を飲んでいる上司を前に、雪男の顔が再び険《けわ》しくなる。

しかも、いつもながら教育者とは思えないだらしのない格好《かっこう》に、自然と口調が厳《きび》しくなる。

「昼間から飲酒とは、相変《あいか》わらずいいご身分ですね」

「硬《かた》いこと言うなよ。それより、お前、次の飲み会はちゃんと参加しろよ？」

雪男の皮肉《ひにく》など蛙《かえる》の面《つら》に水なシュラが、ビールの缶の底を左右に振りながら言う。

次の飲み会というのは、祓魔塾《ふつまじゆく》の講師たちの間で不定期に開催される居酒屋《いざかや》飲みのことだ。なんの気まぐれかメフィストもひょいひょい顔を出すので気が抜けないうえ、無礼講《ぶれいこう》を地で行くシュラのフォローだけでぐったりしてしまう。

あれは飲みニケーションという名の苦行《くぎょう》に他ならない。

「お前がいねーと、あとはオヤジばっかでつまんねーんだよ」

「何度も言いますが、僕は未成年ですし、一晩じゅう、悪酔いした貴女《あなた》の後始末をし続けるのはごめんこうむります」

いかにも爽《さわ》やかな笑顔で、慇懃無礼《いんぎんぶれい》に告《つ》げる。

そんな部下を前に、シュラが意味ありげにニヤリと笑う。

「ほ〜、そんなこと言っていいのかにゃあ〜?」

その目が、チラリと背後の三人に注《そそ》がれる。明るい色のレジャーシートの上では、しえみ、出雲、朴の三人が戸惑《とまど》ったようにこちらを見守っていた。

「あんま可愛《かわい》くねーことばっかり言ってると、こいつらにも見せちゃうぞ!　ニシシシシ……」

「……何をですか?」

嫌《いや》な予感がした。雪男がややたじろぎつつも問い返すと、シュラが胸元《むなもと》からおもむろに一枚の紙切れを取り出した。そして、水戸黄門の印籠《いんろう》のごとく、雪男だけに見えるようにうりうりと押しつけてくる。

胡散臭《うさんくさ》げな顔でそれを見た瞬間、雪男の頬《ほお》が盛大に引《ひ》きつった……。

「――っ」

「おっと」

とっさに奪い取ろうとするも、そこは年《とし》の功《こう》。シュラが軽々と避《よ》ける。

そして、鬼の首を取ったような顔で満足そうに笑ってみせた――。

「返してほしけりゃ、次の飲み会、強制参加な、ビビリー」

✞

「アイツら大丈夫かな?」

具合が悪い、と勝呂《すぐろ》と子猫丸《こねこまる》が席をはずしてからだいぶ経《た》つ。燐《りん》は心配そうに周囲を見まわした。

「全然、帰ってこねーけど……」

「大丈夫やて。お腹《なか》でも壊したんやろ」

志摩《しま》は呑気《のんき》にそう言うと、どこかから手に入れてきたらしいエロ雑誌を読んでいる。燐はふーっとため息を吐《つ》いた。

「そろそろ、終わりかぁ〜」

結局、六時間の間に売れたのは、あの二つだけ。合計千円にしかならなかった。いや、千円になっただけでもめっけものといったところか。百円の寄付金を払っても九百円は残る。

これだけあれば、当座の生活費はなんとかなるだろう。

「後のことは、その時、考えっか」

大きく腕を伸ばし、うーん、と伸びをする燐の肘《ひじ》を、志摩が引っ張った。

「……お……お、奥村《おくむら》くん…………ヤ、ヤバイで……」

「は？」

一転して怯《おび》えた友の声に、燐が眉《まゆ》をひそめる。そして、志摩の視線を追い――自《みず》らも、その場に凍《こお》りついた。

そこには双子《ふたご》の弟が仁王立《におうだ》ちになっていた。

「ゆ……雪男《ゆきお》……さん」

思わずさんづけしてしまう。弟の手には、先刻《せんこく》、シュラに売った写真が握《にぎ》られている。

「兄さん、これはどういうことかな？」

雪男がにっこりと微笑《ほほえ》む。

「僕にわかるように順を追って、説明してくれる？」

いたって爽《さわ》やかな笑顔だ。

だが、長年一緒にいる燐には、それが弟が一番怒っている時の顔だとわかる。逆光のせいか、眼鏡《めがね》の下の両目が見えないのも、いやに低い声も怖《こわ》い。

「そ、それは……悪気はねえっていうか、事故っていうか……なあ、し、志摩――？」

隣の志摩に助けを求めると、頼みの友はこそこそと逃げ出そうとしていた。

「ずりーぞ！　志摩!!」

「わっ！　何すんねん!?　離してや！　奥村くん!!　後生《ごしょう》やから!!　嫌あああぁ、鬼ぃ!!鬼が来るぅぅぅ!!」

しがみついて離さない燐を剝《は》がして逃げようと、志摩が暴れる。

その際、志摩の肘が、ダンボールの上に置かれていた古いスケッチブックにぶつかった。

それが運悪く雪男の足元に転《ころ》がり、最初のページが露《あら》わになる。


「「あ……」」

青ざめた二人が同時に手を伸ばすが、雪男の目はそこに書かれた文字を映《うつ》した後だった。

――奥村雪男使用済文房具、タオル、などなど。

「…………」

雪男の顔から笑顔が消え、奇妙な無表情になった。

燐と志摩が心の底から震え上がる。

「そ、それは……志摩が書いたんだぞ……お、俺は止めたんだ……うん」

「あー!! 奥村くん、ずっこいわぁ〜!! 普通、そこで友達を売るかいな!?」

「何、言ってんだ、先に一人で逃げようとしたくせに!!」

「もとはといえば、奥村くんが先生からもらった生活費を落としたんが悪いんやない!?」

「わーっ!! なに、さらっとバラしてんだよ!? 雪男にはまだ言ってねーんだぞ!?」

醜《みにく》い争いを始める二人の前で、雪男の足がダンとスケッチブックを踏《ふ》んだ。まるで自分たちが踏《ふ》み潰《つぶ》されたかのように、二人がピキッ……と固まる。

「――説明してくれるよね？　兄さん」

「は…………はい」

怖いくらい平板《へいばん》な弟の声に、紙のように青ざめた顔で兄ががくりと肩を落とす。

その脇で、志摩も力なくうなだれた。

「……あー……坊《ぼん》と子猫さん……これがわかっとったから、逃げたんやな……」

恨《うら》めしげにぼそりとうめくも、すべては後の祭りである。

✝

――その後、志摩《しま》と共に、広場といわず学園じゅうを走りまわって貴重な本を買っていったデザイナーっぽいオネエ系を探し出した燐《りん》は、代金を返し、平謝りに謝って返品してもらった。

むろん、それで弟の怒《いか》りが解《と》けるわけもなく、残り五百円になった売上金は雪男《ゆきお》の命《めい》ですべて主催者に寄付させられた。あげく、続く長々しいお説教から解放された時には、すでに日が暮れかかっていた。

「まさに骨折り損のくたびれもうけってヤツやな……」

ずるずると重い足を引きずり、志摩が遠い目でつぶやく。

その横で燐も重たいため息を吐《つ》いた。

「ホントだぜ……こんなことなら、最初から正直に話して謝っとくんだった……」

二人とも、後ろを歩く雪男に遠慮して、ぼそぼそと小声で話している。

再び燐が、はあー、とため息を吐《つ》く。

すると、

「おーい、みんなー」

前方からしえみの声がした。満面《まんめん》の笑顔で手を振っている。

その隣にはやはり笑顔の朴《ぱく》が——二人からやや後方にむっつりとした出雲《いずも》の姿があった。

とたんに、うなだれていた志摩が元気になる。

「雪ちゃん、燐に会えたんだね。よかった」

「はあ、おかげさまで」

険《けわ》しい顔を外面《そとづら》用のさわやかな笑顔にし、雪男が応じる。燐もその後ろからひょいと顔を出した。

「おお、お前らも今、帰りなのか？　ずいぶん遅《おせ》えんだな」

不思議そうに片眉《かたまゆ》を上げる。

雪男にこってりと叱《しか》られていた自分たち以外、バザー会場に残っていた参加者はいなかったはずだ。すると、皆を代表して朴が答えた。

「ううん。一度、寮に戻って荷物は置いてきたんだ。思ったよりもたくさんお金になったから、これからぽんちゃんに行こうと思って。よかったら、奥村《おくむら》くんたちもこない？　ご馳走《ちそう》するよ」

にこにこと笑う朴に、

「マジ!?」

「マジで!?」

燐と志摩の二人が両目を輝かせた。

「なあ、俺、玉子カレーもんじゃ食ってもイイ!?」

燐がぐっと身を乗り出す。

「うん。いいよ」

「……兄さん。図々《ずうずう》しい」

眉《まゆ》をひそめた雪男が、今にも涎《よだれ》を垂《た》らさんばかりの兄をとがめるが、

「もちろん、奥村先生もどうぞ」

と屈託《くったく》のない笑顔で言われてしまう。

「いえ、僕は――」

「せっかくだから、勝呂《すぐろ》くんと三輪《みわ》くんも呼んで、皆で行こうか？」

「女神やあああああああ!!!　ほんま、朴ちゃんは女神や!!!」

両手をぐっと握《にぎ》りしめた志摩が感動に打ち震える。そんな彼を嫌《いや》そうに見やり、

「――キモイ」

出雲が冷《ひ》ややかに一言。

だが、むろん、そんなことでへこたれる彼ではない。

「あ、出雲ちゃん、もしかして、それってジェラシー!?　いややなあ、心配せんかて、出雲ちゃんも俺にとっての女神様や」

「はああああ!?　何、言ってんの？　アンタ。頭わいてんじゃないの!?　てか、あたしと朴の半径《はんけい》一万メートルに近づかないでくれない!?」

「あと、チーズ豚もちもんじゃも食いてえな～。アレ、マジうまいんだよ」

「一万メートルって……そんなぁ～、出雲ちゃ～ん」

「うざい！　寄るな!!　ピンク頭！」

「もう、嫉妬《しっと》なんて可愛《かわ》えなあ〜、出雲ちゃんは」

「死ね!!」

「……まあまあ、出雲ちゃん。そう、怒らないで……志摩くんも、これ以上、出雲ちゃんを刺激しないで……?」

「ふふふ。皆、仲良しだねえ」

「………」

噛《か》み合《あ》っているようで微妙に噛み合っていない会話に、すっかり毒気《どくけ》を抜かれてしまった雪男が、ふうっとため息を吐《つ》く。

その横顔はさきほどより、だいぶやわらいでいた。

「——僕まで奢《おご》ってもらうわけにはいきませんから、男性陣は僕が持ちますよ」

と、朴に申し出る。

「え、そんな……私が誘ったのに」

「気にしないでください。これでも講師ですし」

うろたえる朴ににっこりと微笑《ほほえ》んで見せる雪男の背中を、燐がバシバシと叩《たた》く。

「おー、雪男、さすが俺の弟!! 太っ腹!!」

「ああ。兄さんの分は、来月フェレス卿《きょう》からおこづかいをもらったら、返済してもらうからね」

「げっ!! なんで、俺だけ……!? ひでーぞ、雪男!!」

「いったい何がひどいのやら」

騒ぐ燐に雪男が冷ややかな眼差《まなざ》しを向ける。

その手には戻ってきたばかりの貴書《きしょ》が抱《かか》えられている。

「そもそも、兄さんのせいで――」

「あー、クロも呼んでやらなきゃな! アイツ、どこにいっかな〜!?」

またこの話題を蒸し返されては堪《たま》らない。燐がわざとらしく周囲を見まわし、強引《ごういん》に弟の説教を遮《さえぎ》る。

「じゃあ、俺、クロ探してくるから、ぽんちゃんの前で集合な」

そう言い、そそくさとその場を離れる。

背後《はいご》で雪男が不満げに嘆息《たんそく》するのがわかったが、

「ねえ、雪ちゃん。さっき霧隠《きりがくれ》先生が雪ちゃんに見せてたのって、何だったの?」

「そういえば……」

「たしか、古い写真みたいだったわね」

「!! い、いえ、たいしたものではありません。――さあ、皆さん。早く行きましょ

う！」

女性陣の会話にそれどころではなくなったらしく、いきなり、せかせかと皆を急《せ》かしだした。

そこに、まるで学習をしない志摩が、

「ああ、それやったら――」

と笑って言いかけ、

「!?　ひぃっ……い、いや……なんでもないです!!」

と悲鳴を上げていた。

どうやら、雪男に無言の圧力をかけられたらしい。

悲鳴を聞いた燐がぷっと吹き出す。姿が見えなくても、その光景が目に映るようだ。

夕暮れの学園は静かで、ところどころバザーの名残《なごり》があるせいか、祭りの後のような雰囲気がある。

だが、不思議なほどさびしい感じはなかった。

（なーんか、今日はさんざんだったなぁ～）

というか、ここ半月もの間、まぬけな一人相撲《ひとりずもう》をしていたようなものだ。

（雪男の奴《やつ》もわかってたんなら、最初からさっさと言ってくれりゃあいいのによぉ……）

自分が必死にひた隠しにしてきたことを棚《たな》に上げ、燐が不満げに鼻を鳴らす。

だが、まあ、こうやって皆でもんじゃを食べに行けるのだから、そう捨てたものでもないのかもしれない。

いまだなくなったお金を探しているだろうクロにもちゃんと謝って、美味《うま》いもんじゃを腹いっぱい食べさせてやろう。


「あ〜、腹減ったぁ〜」


夕日に赤く染まった学園を見上げながら、燐がつぶやく。

その声は、茜色《あかねいろ》の空にやわらかく消えていった——。

第1回 青の祓魔師《あおのエクソシスト》人気投票

スペシャルエピソード

上位キャラ大集合サミット

「奥村雪男くん、1位おめでとう!! 皆でお祝いを考えよう」の巻

「ジャンプSQ.2013年8月号」より開催され、2014年2月号にて発表となったキャラクター人気投票。栄冠に輝いたのは、努力と苦労の若き祓魔師・奥村雪男! そして彼に王座を譲った燐たちは、雪男に内緒である計画を立てていた…。

第1回 キャラクター人気投票結果【1〜20位】

1位	奥村雪男
2位	アマイモン
3位	奥村 燐
4位	志摩廉造
5位	アーサー・A・エンジェル
6位	神木出雲
7位	勝呂竜士
8位	メフィスト・フェレス
9位	志摩金造
10位	杜山しえみ
11位	ライトニング（ルーイン・ライト）
12位	藤本獅郎
13位	土井龍之介
14位	霧隠シュラ
14位	元聖天使團隊員
16位	クロ
17位	藤堂三郎太
18位	イゴール・ネイガウス
19位	志摩柔造
20位	宝生 蟒

正十字学園町の某所では、雪男《ゆきお》を除く人気投票ベスト10キャラのアマイモン、燐《りん》、志摩《しま》、エンジェル、出雲《いずも》、勝呂《すぐろ》、メフィスト、金造《きんぞう》、しえみ…が、どこか戸惑った面持ちで集まっていた。普段であれば絶対に居合わすことのないこのメンバー…果たして何が始まるのだろうか。

そんな中、どこか不機嫌そうなシュラが一同の前に現れた。

えー、お前ら人気投票お疲れさまー。今日集まってもらったのは、1位の栄光に輝きやがったビビリメガネを祝ってやれという、あるところからのお達しがあったからでーす。

ハッハッハッ。なかなか粋な計らいだな。ところでシュラよ、ここにいるということは、お前もベスト10に滑りこめたのかい？

うっさいわハゲ、14位だよッ！ ——お前ら相手に話を進められる奴がいねーからって、無理矢理呼び出されたんだよ！ とりあえずお前ら、あのネクラメガネが喜びそうなプレゼント考えろ。それ贈って祝ったことにするから。…なぁ燐、雪男が今欲しがっているものとか知らねーか？

おう！ そうだな…そういやアイツ、デカい圧力鍋が欲しいはずだぜ！「兄さーん、それでトロトロのアイスバイン作ってよー」とか。

適当なこと言うな！ そりゃお前が欲しい物やろ!!

いーや、あいつはデキた弟だから、俺が喜ぶものは一緒になって喜んでくれるに決まってる！

そーや廉造《れんぞう》、ちゃんと聞いときい！ お前の友達、ごっつええこといっとるでぇ!! せやから俺に網タイツの巨乳ちゃん紹介しろや!!

あーうん、金兄はめんどいんでちょっと黙っとき…。

はいはい、そこのバカ兄どもは放っといて、他にアイデアがある奴はー？

あのメガネのことはよく知りませんが、ボクはタコ焼き器が欲しいです。あれがあればいつでもタコ焼きが食べられるそうですから。

おいおいおい、何だかおっかねー奴がいるんですけど…!? それにお前の希望は聞いてないってーの。

アマイモンよ、そもそもお前は料理ができないだろう。それに今は奥村先生の話です。…そうですね、ここは普段から心労続きの奥村先生のために、私が厳選した恋愛ゲームの詰め合わせセットなんてどうでしょうか☆　物質界《アッシャー》最高の**萌え**の数々で、奥村先生の心に潤いを与えまショウ♪

にゃっはっはっ！　そりゃいいわ。これで堅物のアイツも少しは柔らかく…って、**オイッ！　これ全部18禁ソフトじゃねーか。却下!!**

奥村雪男とは、あのなかなか見どころのある青年だったな。よろしい！　ならばオレが直々に、超高級フレンチのディナーに招待してやろうではないか。聖騎士《パラディン》との会食だなんて、この上なく優雅で名誉なプレゼントではないか!!

ねーよハゲ！　…ってか、お前との会食なんて、むしろ雪男の方がストレスでハゲるわ!!　勝呂ぉ、お前ら塾生はちっとはマシなアイデアを出してくれると信じてるぞ？

奥村先生は何でも喜んでくれはると思いますけどね。あの人は任務や講義でいつも大変そうすから、何か癒しになるものがええんじゃないでしょうか。例えば…。

さっすが坊《ぼん》！　いいとこに目ぇつけますなぁ。んじゃここは奥村先生をしっぽりと癒すべく、俺厳選の**エロ本コレクション**を…。

そのネタさっきやった!! ——そしてそこの金髪、いくら雪男と絡みがないからって、勝手にメシ食い始めんな!!

ズギャギャギャギャギャギャ……ん？ 俺もエロ本でええと思うで？ あいつそういうの好きそうだし。

(小声で) うっわ…この兄弟やっぱ最低。

はぁ…出雲、しえみ、お前らは何かあるか？

(この前、ファンシーショップで見つけたピンクのウサギのぬいぐるみ、可愛かったなぁ…。その隣にあった、大っきなゴールデンレトリバーのぬいぐるみも、もふもふしていてステキ♥ ——それとも、キュン死に必至の『君物語』(※出雲お気に入りの少女漫画)の全巻セットとか…)

…出雲ちゃ〜ん？

ハッ！ …ななな、何でもないです!! 考え中です!!

そういえば、少し前のクリスマスパーティーで雪ちゃん、「2010年メガネ」のプレゼントを気に入ってくれたよね(※JC3巻おまけ4コマ参照)。雪ちゃんっていつも黒縁のメガネだから、お洒落なメガネをあげると喜ぶんじゃないかなぁ…。

【全員】『それだ!!!』

かくして一同は、雪男に似合うメガネを求めて一時解散となった。

そして2時間後——戻った燐たちの手には、それぞれ雪男に贈るための選りすぐりのプレゼントが握られていた。

はーい、そんじゃあお前ら、雪男にプレゼントするメガネを発表してくださーい。

おう！　あいつっていつも思いつめた顔してっから、ぜってーこの「鼻メガネ（※ヒゲつき）」がぴったりだって!!　これで少しは笑顔も増えるんじゃね？

使い回すな！　そりゃクリスマスの時にお前が自分で当てたプレゼントやろが!!

奥村くん、プレゼントに手ぇ抜いちゃいかんで〜。奥村先生って大人っぽいから、もっとアダルトなグッズの方が似合うって！　これなんてええんとちゃいます？…バタフライ型の女王様マスクとか。さすがにムチはドン引きですけどね（笑）。

こんドアホォ！　そんなキンキラなヤツ、男がつけられっか!!　男はハードボイルドにごっついサングラスに決まってるやろが!!

お前ら二人ともドアホォだ!!　おい金造、手に持っているバリカンは何だ？

そんなんグラサンに合わせて角刈りにするために決まってるやろ？　あのメガネを、俺がシブーい男に仕立てたるわ。

ブオホッ!!

色々と後が怖いからリアクション取らねーぞ？——次ぃ!!

さっき駄菓子屋で見つけました。このメガネ、周りにチョコが入ってます。おいしい。モグモグ…。

それはメガネ型のチョコだってーの！…つーかこれ、チョコ全部食われてんじゃん。

フフフ…。皆さんは〝メガネ〟という形にこだわるあまり、奥村先生が本当に求めているものが見えていないようですね。ここは私が、魔法で奥村先生の視力を2.0にして差し上げようではないですか。さぁいきますよ！　アインス、ツヴァイ、ドラ——!!

見えてねーのはお前だピエロ!!　数少ない雪男のキャラを潰してどうする！　しかもあいつ、メガネ外すと燐とそっくりでアタシらも見分けに困るっつーの!!

ここにいると、自分が普通の人間だと実感しますわ…。俺はセンスがないんで、子猫丸にスペアのメガネ

をもらってきました。

※持ち主（23位）の代理で出演

だからメガネは雪男の大事なキャラだといってんだろ！　子猫丸と被らせてどうする!!

はぁ、メンドくさ…。だったらいっそコンタクトにすればいいんじゃないですか？　私、安いの見つけてきましたよ。

だからメガネを外しちゃキャラが立たないの！　メガネが雪男なのッ!!　メガネ・イズ・雪男!!!　外すなんて論・外・な・の!!!!

ハッハッハ。お前がそこまでアツくなるのは珍しいな。ならばオレお抱えのデザイナーに作らせた、このオートクチュール・グラス「エンジェルメガネ」をあの青年に贈ろうではないか！　オレのスーツとお揃いで、格調高く優美なフレームデザインだろう。

うっわー！　真っ白で真珠みたいにキラキラしていて、すごいねー!!　フレームの端に天使の彫刻までついているよ！

フフフ。可憐な少女よ、君はなかなか見る目があるようだな。しかもこの「エンジェルメガネ」、テンプル（※ツルの部分）はオレのマントと同様に天使の羽根になっていてね。この華やかな色合いなんて、まさに天にも昇るようなかけ心地…。

キモい！　却下!!　超却下!!!
（エンジェルメガネを床に叩きつける）

——あー…。もう先生ガッカリだよ。任務では結構有能な奴らなのに、対人能力となると途端に残念になっちまう。——頼むよしえみ、お前が最後の砦だよ。

じゃーん！　この前と同じパーティーグッズのお店で新作メガネを見つけてきたよ！『2014年メガネ』だって!!　最先端だね！　これなら絶対雪ちゃんも気に入ってくれるはずだよ!!

おお、これは「0」がレンズになってるお洒落メガネ

——って片目分しかないじゃん!!　そもそも何でこれをメガネにすんの!!?
…あーもうアタシ嫌！　こんな奴らの相手なんて酒でも飲まねーとやってらんねーにゃー——!!!

やりきれない怒りとともに、シュラは突如、一升瓶をあおり始める。瓶の中身はみるみる飲み干され、光の速さで泥酔していくシュラ。

やがて彼女は、あ然とする一同を前に、早くも寝入ってしまった…。

…なぁ、これってどうすればいいんや。

どうもこうも…なぁ。

なに、せっかくの皆さんの真心ですから、そのまま奥村先生に届けちゃえばいいんですよ！　私が一筆したためましょうか。

後日、徹夜任務から部屋に戻った雪男は、自分の机の上に綺麗にラッピングされたプレゼント箱を見つける。

『奥村雪男くん、人気投票1位おめでとう！
次の巻頭カラーはこれでばっちりキメようぜ!!
——君を応援する仲間一同』

…と、メフィスト直筆の可愛らしいカードまで添えられていた。

暖かい気持ちを噛みしめつつ、静かに箱を開ける雪男。そして彼が見たものは…鼻メガネだったり女王様マスクだったり２０１４年メガネだったり駄菓子のカスだったり砕け散った耽美フレームだったり…と、真心というか、むしろ嫌がらせに近い個性派メガネの数々だった。

こうして今日も、疲れ気味の嘆息とともに奥村雪男（1位）の日常が始まるのであった。

完

青の祓魔師　ブラッディ・フェアリーテイル　あとがき

お手に取ってくださった皆さん毎度ありがとうございます！

小説もお陰さまで第3弾！　…ということで、今回は今までで一番長い短編、「ブラッディ・フェアリーテイル」を始め、「酔いどれ天使」など今までよりやや大人っぽい内容ですが「マネー・マネー・マネー」では、お馴染みの笑えてあったかい矢島さん節も楽しめる、メリハリの効いた挑戦的な構成の巻になってるかと思います。

なので表紙も「ブラッディ・フェアリーテイル」の獅郎とメフィストをメインに今までになくダークな雰囲気のものにしてみましたが、どうでしょう…！

こうしてシリーズ化出来ているのも、矢島さんと、担当の六郷さんの丁寧で熱心な仕事ぶりのお陰です。いつも本当にありがとうございます。そしてお疲れさまです！

出来たらまた、この本を読者の皆さんが楽しんでくれて、第4弾でお会いできますように…！

加藤和恵

■初出
青の祓魔師　ブラッディ・フェアリーテイル　書き下ろし

[青の祓魔師] ブラッディ・フェアリーテイル

2014年3月9日　第1刷発行
2023年12月30日　第2刷発行

著　者／加藤和恵 ◉ 矢島綾

編　集／株式会社　集英社インターナショナル
〒101-8050　東京都千代田区一ツ橋 2-5-10
TEL　03-5211-2632(代)

装　丁／シマダヒデアキ ＋ 浅見大樹 [L.S.D.]

編集協力／中嶋竜 [樹想社]

発行者／瓶子吉久

発行所／株式会社　集英社
〒101-8050　東京都千代田区一ツ橋 2-5-10
TEL　03-3230-6297（編集部）03-3230-6393（販売部）
03-3230-6080（読者係）

印刷所／TOPPAN株式会社

Printed in Japan　ISBN978-4-08-703309-0 C0093

検印廃止

『青の祓魔師』のノベライズも遂に3巻目です。ありがとうございます。本当に夢のようです。しかも、若き日の獅郎のお話を書かせて頂けるなんて……！　連載第一話の獅郎の生き様に号泣し、親子の別れの切なさと、続くメフィストの登場シーンにノックアウトされ、熱烈な青エクファンとなった身としましては、すさまじくうれしい反面、プレッシャーも半端なかったです‼　どうか、原作の獅郎やメフィストのイメージを損なうことなく、皆様にお話を楽しんで頂けたら……と祈るように筆を取らせて頂きました。

加藤先生。お忙しい中、お時間を取って頂き、本当にありがとうございました。お会いできて光栄でした（感動と緊張のあまりずっと硬直しておりました……）。頂いたサインは生涯の宝物として大切に大切に飾ってあります。そして、今回もまた、悩殺もののイラストをありがとうございました。先生の描かれるちびっこも大好きですが、大人組も大好きなもので、むちゃくちゃ幸せでした（アラサートリオのハラハラする会話が大好きです！）。

担当の六郷様には、またしても大変お世話になりました。ご迷惑＆ご心配のかけ通しで、本当に申し訳ございませんでした。いつもながら、的確かつ鋭い（のに何故か和む）アドバイスに幾度も救われました。それから、こんな私を懐広く育てて下さったj-BOOKS編集部の皆様、色々とお手数をおかけしたSQ.担当の林様、この本の作成に携わって下さった多くの方々に、この場を借りてお礼を……。本当にありがとうございました。

そして、最後になりましたが、この本を読んで下さったすべての皆様に心からの感謝を送りたいと思います。

青エク、大好きです。

矢島綾